Paul Morand

Venises

威尼斯

(法)保罗·莫朗 著
李炜梅 译

南京大学出版社

目 录

第一章　古人的宫殿　　　　　　　1

第二章　检疫隔离屋　　　　　　　67

第三章　死于面具　　　　　　　　151

第四章　开始容易结束难　　　　　179

第一章　古人的宫殿

每个人的生命都像一封匿名邮寄的信件,我的信件上盖着三个邮戳:巴黎、伦敦和威尼斯。这是命运对我的安排,这样的安排常常发生在我不经意间,但并不是贸然而至。

威尼斯在它有限的空间里囊括着我在尘世的一生,它也处于虚无当中,介于胎儿的羊水与冥河的河水之间。

我感觉整个地球对我都没有任何魅力可言,威尼斯和圣马可广场除外,那里清真寺的地面倾斜鼓胀,好像并置的祷告地毯。因为我幼时婴儿房的墙上悬挂的一幅水彩画,我一向就知道圣马可广场这个地方:那是我父亲在1880年前后创作的大水彩画——画作使用了茶水墨、乌贼墨、中国墨——具有晚期浪漫主义风格,画中祭坛上灯光的红色穿透了投射下金色影子的拱门,夕阳照亮了铺着台布的讲道坛。我还从父亲那儿继承了一幅小油画,这是父亲以少有的敏锐眼光描绘的安康圣母教堂的阴天风景,这幅画一直在我身边。

"要在雨后欣赏威尼斯",惠斯勒[①]反复说道。沧桑过后,我回到威尼斯回顾自我。威尼斯在我的岁月中留下标记,就像柏油头的圆木在礁湖上设置路标,这些圆木只是众多的视点之

[①] 詹姆斯·阿博特·麦克尼尔·惠斯勒(James Abbott McNeill Whistler,1834—1903),美国画家。(本书注释无特别说明的皆为译者注。)

一。威尼斯，并非我生命的全部，而是其中彼此没有联系的若干片段。水的涟漪渐渐散去，而我的皱纹却不会消失。

对于书写威尼斯的荒诞可笑，我一直无动于衷。甚至是在伦敦和巴黎的至上权也化作记忆的时代，世界的神经枢纽成了那些野蛮地区：雅加达、西贡、加丹加①、金门，那时候的欧洲不再有人关注，唯有亚洲才排得上号。而威尼斯早就明白了这一切，它偏安一隅，其影响波及中国。应该是圣马可尽忠于马可波罗，而不是反过来。

在威尼斯，我这个微不足道的小人物上了在这个星球上的第一课，而在课堂上我什么也没学到。学校对我而言不过是一段长久的烦恼，我应得的惩戒使它更加烦闷。即便我的手指上沾满了墨水，脑袋里也没有留下任何东西。那些书本，多么沉重啊！把纪西拉②的拉丁词典从香榭丽舍大街背到蒙梭就要把我这个城里人窄窄的双肩压碎了，况且对于那些没有每天早晨攀登古尔塞勒路的人们而言，蒙梭可以叫做平原了。我脚下的碎石路面无比坚硬，我已经想念威尼斯了。我曾听人称颂这座睡莲之城，那里的每一条街道都是塞纳河。

古典主义作家们并不跟我说话，他们的作品都是写给另一个世界的，是写给凡尔赛宫的朝臣或是学校老师的。在我们那些伟大作家的作品中，没有什么让我好奇，让我迷恋，让我愤慨

---

① 加丹加（Katanga）：刚果民主共和国南部的一个省。
② 路易·纪西拉（Louis Quicherat，1799—1884），法国拉丁语学者，其编撰的法语-拉丁语词典在19世纪为拉丁语学者广泛使用的工具书。

的。施利曼①最近发掘出的金面具的阿特柔斯人②,与17世纪戴假发的阿特柔斯人,有什么关系呢?我的生活从《贝蕾尼斯》③开始!13岁我就爱上了《贝蕾尼斯》!我首先应当爱上一个喜欢拉辛的人,谁为我讲解拉辛,讲解这个女儿心男儿身的人?没有人为我解释那些词语的要旨,两个词中就有一个与今天的意思不一样。我不由自主地产生了误解:荣耀?国家利益?一位哭泣的国王?那些细微的区别,绝非孩童的玩具。一个女人怎么可能既温柔又粗暴呢?而莎士比亚的作品则截然相反,我可以毫不困难地理解他笔下的罪行和鬼魂。马塞尔·施沃布④和我父亲一起为莎拉·伯恩哈特⑤翻译了《哈姆雷特》,这个译本远比纪德的译本更有味道。我曾经听他们在英语文字中寻找到古老的法语词,就好像在新近的临摹画作中发现文艺复兴以前的艺术家。莎士比亚的戏剧如同一场大型木偶剧,一切都不会四分五裂,而是和谐一致,实现超越。

我从未学过语法⑥,这没什么好夸耀的,只是我觉得如果我现在学习语法的话,我可能再也不知道如何写作了。眼睛和耳朵是我唯一的老师,尤其是我的双眼。好好写,与写得好是相反的。"没有足够的词汇来表达我所思索的内容……":你不是在思考而是在寻找词语;应当让词语来追寻你,找到你。人们

---

① 海因里希·施利曼(Heinrich Schliemann,1822—1890),德国考古学家。
② 阿特柔斯人(Atrides),希腊神话中迈锡尼国王阿特埃的后代。
③ 《贝蕾尼斯》(Bérénice),法国剧作家拉辛的一部悲剧。
④ 马塞尔·施沃布(Marcel Schwob,1867—1905),法国小说家、散文作家。
⑤ 莎拉·伯恩哈特(Sarah Bernhardt,1844—1923),法国女演员。
⑥ 尽管我在无意识的情况下写作了散文,我却发现了其隐含的语法,这是我们今日的精华。——原注

应该能够说出你的每一句话:"他跟他父亲长得一模一样。"一个作家应该有自己独特的声音。

我年轻时代的哲学不过是一个悲惨精神病院的附属物。地理只丢给我一份海湾和岛屿的目录,一张最高峰和河流的清单,还有一份关于山峰的索引。每座山峰都贫瘠得如同月球上的山脉,好像从未有人在这些山上居住过。至于历史,那些人为划分的分期,了不起的"转折点",还有对统治期的随意划分让我只能看见一些战役,或是一些注定要挑起新的战争的条约。

很久以后,当我回过头来重新思索,最让我震惊的是我所接受的最初教育中古怪的遗漏和可能带有偏见的沉默。人们向我隐瞒了史前历史、圣经、拜占庭、中国、远东、美国、俄罗斯,还有宗教和音乐。高中毕业时,我既不知道那些伟大航海家的名字,也不知道他们所作的航海旅行。我对经济地理学、艺术史、生物化学和天文学一无所知。我未曾涉猎蒙田、雨果、波德莱尔的作品,没有读过路易十三和但丁的诗歌,也没有碰过莎士比亚和德国浪漫主义的作品。我的哲学老师柯隆纳·蒂斯特拉沉迷于研究意志的怪癖,将九个月中的六个月都花在那上面,而在逻辑学、伦理学、形而上学和哲学史上只花了几个小时便草草了事。在巴黎政治学院,埃米勒·布尔茹瓦让我们在布满历史尘埃的皇帝秘闻中打了两年瞌睡。谁该为这些生命都难以填补的愚比王[①]式的空白负责?是谁造成了这种蜷缩于小

[①] 法国著明戏剧家阿尔弗雷德·雅里(Alfred Jarry,1873—1907)戏剧《愚比王》主人公。

学文凭和大学教师资格之间狭隘的教育？是规章的原因,是老师的责任,还是因为我不够认真和聪明？

我对什么都没有渴求。

如果我说自己天性孤僻而狭隘,恐怕很难让人相信。我所受的教育,我周围的人和家中的藏书加剧了我原始的悲观主义思想：失败后的勒南[1]、叔本华、左拉、莫泊桑、于斯曼[2],他们的咬牙切齿,他们惨淡的笑容。

我是个独生子,一个孤独的小孩,我父亲曾经将一句很梅里美式的话作为首要格言教导我:"记得要当心"[3],或是"你的朋友有一天可能会成为你的敌人"。父亲的人生观可以归纳为:"造物主已经挫败了这个世界,他为什么会让另一个世界成功呢？世上的一切都被弄糟了,也将会一直这样下去。只有艺术不会撒谎。"

这就是我胆小惊慌、沉默寡言的原因,即便说不上孤僻怕生,至少也算是有点儿不合群,很少敞开心扉,不热情,这也解释了为什么我 15 岁以前很喜欢撇嘴的原因。面对外部世界,我在童年时期并没有很早就令人惊叹地早熟,这迥异于大多数作家：不管是纪德、阿兰·福涅尔[4],还是普鲁斯特和蒙泰朗[5]。我仍然做着自我保护,我的落后也由此而生。

---

[1] 约瑟夫·埃内斯特·勒南(Joseph Ernest Renan,1823—1892),法国作家、史学家、哲学家。
[2] 乔里-卡尔·于斯曼(Joris-Karl Huysmans,1843—1907),法国作家。
[3] 还有"当你不了解时要怀疑,当你了解后不能信任。"——原注
[4] 阿兰·福涅尔(Alain-Fournier,1886—1914),法国作家。
[5] 亨利·德·蒙泰朗(Henry de Montherlant,1895—1972),法国作家。

我曾一直将童年视为一种低等的状态。那时我听话,安静,不乱花钱,信守对神三德。当我到了上大学的年纪时,我还什么都没有爱过,什么都不了解,什么都不曾见识过和感受过。难道等我老了才能有伟大的发现吗?

如果艺术家的人生是一场伟大的歌剧,那么威尼斯就是歌剧终曲的背景:提香①在完成《安放》后在威尼斯去世,丁托列托②随着《圣马尔齐亚莱教堂》离去,而韦罗基奥③则在威尼斯留下了科雷奥尼④的雕像。值得慰藉的是,他们都很长寿:乔凡尼·贝利尼⑤ 86 岁,隆吉⑥ 82 岁,瓜尔迪⑦ 81 岁。

是命该如此还是我的过错,我总是在人们逝去时到达。一开始便是终结,我见证了 19 世纪的落幕,一直未曾中断的中等教育的终结(1902 年),一年兵役制度的结束(1906 年),金本位的消失(1914 年)。我目睹数个共和国和一个联邦灭亡,还见证了两个帝国消失。一群享有盛名或名不副实的人在我眼前消失,一起消失的还有某些荣耀。我注定要遭受所结束的这一切,这不仅仅只是一个伟大时代的事实,还是一个我能感觉到其分量的宿命。

我是欧罗巴的鳏夫。

---

① 提香·韦切利奥(Tiziano Vecellio,1490—1576),意大利画家。
② 丁托列托(Tintoretto,1518—1594),意大利威尼斯画派画家。
③ 安德烈亚·韦罗基奥(Andrea del Verrocchio,1435—1488),意大利雕塑家。
④ 巴特罗梅奥·科雷奥尼(Bartolomeo Colleoni,1400—1475),意大利雇佣军统领。
⑤ 乔凡尼·贝利尼(Giovanni Bellini,1427—1516),意大利威尼斯画派画家。
⑥ 皮埃特罗·隆吉(Pietro Longhi,1701—1785),意大利画家。
⑦ 弗朗西斯科·瓜尔迪(Francesco Guardi,1712—1793),意大利画家。

我遗传了父亲的体格,更为强壮;其他特点我几乎都遗传了。我的活力来自更遥远的地方,我喜欢我现在这样呢,还是希望像父亲一样呢?我至今都难以区分。当我还是孩子时,我就觉得我是依靠父亲而存在的,一旦父亲消失,家就会坍塌。

伟人们颂扬他们的母亲时,总是将她们描绘成非凡的人,她们是牺牲精神锦标赛的获胜者,打破了献身的记录,是伟大至极的怪物或是极其善良的奇才。我的母亲与父亲如此一致,她的灵魂如此柔软,她是如此克制,一个如此完美的基督教徒,这一切使得她厌恶被树立成典范。她是个冉森派①教徒,却如此优雅!她的忍耐、宽容和平和的性情磨平了她的棱角,把她打造成一个恒温的火炉。她不像普鲁斯特或者纪德的母亲,她虽然温柔、含蓄、品德高尚,但并不会因此看不起任何人,也不将自己视为典范。她的学识中没有犹太教引语,也没有新教引语,她习得这些知识是为了宗教、国家和她出生的阶层,该阶层位于玛莱区②的中心。她穿一种极其柔软的面料,当时称为"卡沙",淡淡的米色就像她浅黄色的头发。而她的头发,只会被黑色手套或是从帽子上垂下来,缠于脖子上的黑色平纹面纱撩起。

我没有宗教信仰,这当然是为了模仿我的父亲,成为一个真正的男子汉,但却让漂亮的母亲伤了心。家中的男人们总在妻子做完弥撒后去接她们,却又在教堂门口止步。这是一种安静的不信教,不反教权主义,但非常激进。我始终无法理解教

---

① 冉森派:又译詹森派,是17世纪上半叶在法国出现并流行于欧洲的基督教教派,因系荷兰神学家C.O.冉森创始而得名。

② 玛莱区(Marais),法国巴黎的一个区域,传统的布尔乔亚区域。

理书，那些对话总是打断我的话却不回答我要提出的问题。困惑我的并不是宗教中那些未知的问题，而是人们让我看到的东西：遥远的东方和那里脚穿布鞋身着长袍的大胡子国王，穿着蓬松长裤的女人们，她们罐装的老酒、不经发酵的面包，成群的毛驴、大片的棕榈、希伯来语的名字、受过割礼的人以及鲁莱圣斐理伯教堂①的彩窗上描绘的隐修士拐杖上的葫芦。那是一座悲惨的教堂，先生们聚集在出口处反对政府，他们手杖顶上挂着"八影"大礼帽，朝犹太人发出阵阵嘘声，全然没有意识到他们自己才是真正的法利赛人②。

17岁那年，我打开了窗户，体育场的气息进入了我的房间。柔软的青草、灰白色跑道、橄榄球场的泥浆里瞬间竖起许多雕像，此外还有为数不多的游泳池里的跳台、击剑馆里石膏背心上回响的剑声……突然间，这才是活着！在这之前，我仿佛是个木偶人，被一只未知的手牵引着向前走，靠着锻炼身体我才摆脱了这行尸走肉般的倦怠。多亏了这次经历，我才明白人只能活一次，我们需要给予它尽可能多的关心。

肌肉的力量唤醒了精神的力量，努力和工作突然间变得有趣起来。我有节奏地蹦跳，呼吸的协调使我感到了言语的恐怖，我明白了柔软也可以与肌肉的坚硬并存。本该由教育、宗教、公民修养教给我的东西，我通过运动才辗转获到。我接受了法律，我发现了集体意识、团队品味以及从没有人跟我讲过

---

① 鲁莱圣斐理伯教堂（Eglise Saint-Philippe-du-Roule），位于巴黎的一座罗马天主教教堂。
② 法利赛人（Pharisees）：犹太教的一大派别。

的对他人的爱。我所见过的义务从来都是形式抽象、枯燥乏味的,运动使我感觉、体验、喜爱上了实实在在的义务,我明白我该传球了。

不应该在法国进入 20 岁,这个美丽的祖国并不适于让人一见倾心。谁向我解释我该如何去爱祖国,甚至我是否有祖国呢？我热爱我的亲人、我的城市、我的阶级、我的社区、我的家。1900 年,我的祖国就是全世界。想要对有幸生在法国这件事说三道四,那简直是不可思议,甚至有些不知廉耻,谁会想过生在别处呢？我的国家历经几个世纪而奇迹般地存了下来,不言而喻这都来自上帝的赐予。只不过,这个祖国最近太照顾"总参谋部的无赖们"了。自由剧场、巴黎大学、自然主义小说保证这不会重演。占据地图册整整两个粉色页面的法兰西如此强盛、如此独特、如此巨大,以至于她不需要人们去爱她。爱一个人,就是为其牵肠挂肚。世界将法兰西置于他的保护之下,右边是沙皇的支持,左边是爱德华七世①的援助,任何事都不会发生在她身上,因为任何事都不会发生在富人的身上。19 世纪的道德风范是可爱的,那时候宇宙的中心是地球,这颗星球的中心是欧洲,而巴黎就像欧洲的轴心。众多的果核支撑着果肉,她是上帝赠予人类举世无双的礼物：她就是法兰西。

我意识到这种精神状态在今天会如何令人惊奇,悲惨主义在 1900 年并不流行。昨天我在日内瓦听到马尔库塞②宣称幸福"是客观的反动和不道德"。世纪初的幸福是彻底的,那时候

---

① 爱德华七世(Edward VII,1841—1910),英国国王。
② 赫伯特·马尔库塞(Herbert Marcuse,1898—1979),德国哲学家、社会学家。

在饭店花三个法郎就可饱餐一顿,那时候的人相信文明的进步。那是一个幸福的时代,没有人感到内疚,疼痛的人不会叫喊。"犯罪"这个词在老词典中是找不到的,基督教民主党人刚刚开始把社会的内疚与宗教的悔恨相连接。我只想着边学习边玩乐,而这两件事,自从我高中毕业后,对我来说就是唯一的事,也是同一件事。国家假装存在,但事实上它们并不存在。没有一只蜘蛛在网中央遥控捕获的苍蝇,收税员只有像间接税一样呆板的面孔。护照,只在沙皇那儿才需要。我的行程空空,没有约会,也就是说没有浪费掉的时间。那时人与人之间还有空间(这在我们出版《荒废村庄指南》的这个时代是难以想象的,而且已经无以复加),没有任何人口压力,政治党派还只是一些外省的团体。无需忧虑,也不设任何期限,兵营和国家会考都是后来的事。时间是没有标价的财富,并不值钱,就像阳光和氧气。货币的购买力还没有下降,贬值是从1918年才开始的,当时,财政稽查员控制着政府部门。从那时起,出于某种奇怪的巧合,货币开始不停地贬值。挣钱会让人亏损钱,谈论钱是没有教养的。父亲被认为是一个"随心所欲"的人,他的随心所欲是因为他没有需求。他总是喜欢重申:"与其浪费时间去得到某些东西,不如不要更简单。"他仅有的财富是一小幅布吕赫尔①的画,一幅很小的布丹②的《图维尔的沙滩》,一幅雷诺

---

① 彼得·布吕赫尔(Pieter Brueghel,约1525—1569),布拉班特公国画家。
② 欧仁·路易·布丹(Eugène-Louis Boudin,1824—1898),法国画家。

阿①的《头像》和纪尧姆②的《克罗藏》。欧仁·莫朗从未走进银行,他需要鞋子时,就写信给他住在皮埃尔-沙朗街③的鞋匠诺恩,罗亚尔街④的裁缝雅曼每年都给他寄来一整套一模一样的海军蓝哗叽西装,甚至都不用试。父亲不知疲倦地徒步走遍巴黎,将从"埃巴坦"处租来的马车留给母亲。他身上从不带一个苏,偶尔我会在晚上听到他对母亲说:"我要去歌剧院,在葛夫乐夫人⑤的包厢。在我坎肩里放点钱(他从来不用路易算,那是属于上流社会的),以防她让我带她去帕亚尔饭店⑥吃夜宵。"

在帕多瓦⑦有一座很古老的宫殿,它建于1256年,现在人们还叫它"长老宫"⑧,这座宫殿就是我少年时期的写照。我生活在昨日,居于古人之间,甚至能够只通过前人来看世界。我向父亲倾诉心声:"面向夕阳,我的落日是特纳⑨的,我的云彩、

---

① 皮埃尔·奥古斯特·雷诺阿(Pierre Auguste Renoir,1841—1919),法国印象派画家。
② 阿尔芒·纪尧姆(Armand Guillaumin,1841—1927),法国画家。
③ 现在的皮埃尔一世德塞尔维亚大道。——原注
④ 皮埃尔-沙朗街(Piene-Charron)和罗亚尔街(Royal)都位于巴黎。
⑤ 葛夫乐夫人(Mme Greffulhe),即葛夫乐伯爵夫人(1860—1952),原名Élisabeth de Riquet de Caraman,为法国贵族亨利·葛夫乐伯爵(comte Henry Greffulhe)之妻。
⑥ 帕亚尔饭店(Paillard),位于巴黎,1895年创立,在20世纪初十分有名,因一战而不再营业。
⑦ 帕多瓦(Padoue),意大利城市。
⑧ 长老宫,Palazzo degli Anziani,原文为意大利文。
⑨ 约瑟夫·玛罗德·威廉·特纳(Joseph Mallord William Turner,1775—1851),英国画家。

天空是库尔贝①的,还有提埃坡罗②的天花板。我只能想到莫奈③画的解冻,我的女人们都有着罗丹④式的腹部和马约尔式⑤的小腿。我希望自己能为绿叶上的一朵玫瑰喜悦,而不用为此感谢马蒂斯⑥。我们正在圣赛维林⑦:我难以用自己的双眼来欣赏它,我必须借助于斯曼⑧的双眼。我身在何处?是在里面吗?"

我从不觉得代沟难以跨越,不仅因为我和父母之间存在着天然的融洽,而且我也乐于追随他们,进入一个他们从未试图强加于我的方向。他们的生活节奏就是我的生活节奏。旅行时,我们几个小时,甚至几天地肩并肩一起坐在长椅上,而没有想要跟旅店的邻居来往,也不试图让他们不用对话就理解我们。我还不了解我的时代,我所生活的,是我自己的时代,但我呼吸的,是我父母的空气。

我们的一切都受馈于古人,我们永远无法同他们比肩,我们首先要对他们心怀感恩。过去,我总是看见父亲避免在画室的波斯地毯上行走,那是出于对一件来自久远时代物品的尊重。父亲说:"这地毯一直传到我这儿,我对它有责任。"只有美

---

① 居斯塔夫·库尔贝(Gustave Courbet,1819—1877),法国画家。
② 乔瓦尼·多米尼柯·提埃坡罗(Giovanni Domenico Tiepolo,1727—1804),意大利画家。
③ 克劳德·莫奈(Claude Monet,1840—1926),法国画家。
④ 奥古斯特·罗丹(Auguste Rodin,1840—1917),法国雕塑家。
⑤ 阿瑞斯缇德·马约尔(Aristide Maillol,1861—1944),法国雕塑家。
⑥ 亨利·马蒂斯(Henri Matisse,1869—1954),法国画家。
⑦ 圣塞维林教堂(Saint-Séverin),位于巴黎。
⑧ 乔里-卡尔·于斯曼(Joris-Karl Huysmans,1843—1907),法国小说家,曾著有《海狸与圣赛维林》。

才是重要的,这与现在完全相反,今天的人们会为了填饱肚子而放弃美。

我只属于我自己,除了十分亲密的血缘关系外没有其他的联系和责任。父亲这边已没有其他人,我没有需要哭丧的人,没有和我共同生活过的人死去。至于母亲这边,对丈夫的爱使她疏远了她出生的中产阶级家庭,但这个家族依然存在。我每周一次去马里亚街外祖母家用周日晚餐,而且遵守那里的惯例。(我回想起这些老习惯:一瓶瓶放过气的波尔多葡萄酒,每个瓶颈上都贴着一张心形的滤纸标签,上面写着产区和年份。高脚盘里堆得高高的樱桃和草莓,没有一排会突出来。一些格言仍然浮现在我的记忆中,比如"明天再热一下会更好"。)家中的这些亲戚都在审计院任审计法官或审查官:这是巴黎的外省。真正的巴黎,我在我们家中找到了。在那里,我们只根据才华和独特程度进行分类。冬天的星期三,家中有晚宴。我仿佛又看到了父亲,他像个瓦卢瓦家族的人一样瘦长,小胡子翘起,成鱼钩状,单片眼镜的带子在上过浆的衬衣前胸飘荡。这里的习惯是"每个人想坐哪就坐哪"。这里不欢迎法国艺术家协会和法兰西学院,古诺①、皮尔纳②和马斯奈③除外,他们曾为《圣剧》(1893年)、《易泽尔》(1894年)和父亲的其他几个剧本作曲。还有《格里塞利迪》(1891年),这部新中世纪神秘剧,让芭

---

① 夏尔·弗朗索瓦·古诺(Charles Francois Gounod,1818—1893),法国作曲家。
② 加布里埃尔·皮尔纳(Gabriel Pierné,1863—1937),法国作曲家、管风琴家、指挥家。
③ 儒勒·马斯奈(Jules Massenet,1842—1912),法国作曲家。

尔黛①在法兰西戏剧院获得了成功，它在1901年被改编成喜剧，由马斯奈作曲。

某些星期三是专属意大利音乐的：托斯蒂②，像是一个长着一双蓝眼睛的威尔士亲王，他创作的华尔兹舞曲和浪漫曲风行欧洲。作曲家依西多尔·德·拉拉③，一个大个子，跟莉特威尔娜④、艾格隆⑤或是著名的男高音塔玛纽⑥一起到来。晚饭后，画室的玻璃天棚在他们的《梅萨林》乐曲中震颤，这个歌剧的剧本（1899年）是由父亲和阿尔芒·希尔维斯特⑦一起写的：

来爱短促的夜晚吧，

来爱短暂的白昼吧……

奥古斯特·罗丹只在午饭时间过来（1903—1908年左右）。他发黄的白胡子上方是一个普利阿普斯⑧鼻子，像是从耻骨冒出来的。在奥塞码头⑨，我看见他农牧神般的双眼在我家花园的卫矛上露出，这个花园是存放大理石的乐园。从1880年起，

---

① 让娜·朱丽叶·芭尔黛（Jeanne Julia Bartet, 1854—1941），法国女演员。
② 弗朗西斯科·保罗·托斯蒂（Francesco Paolo Tosti, 1846—1916），意大利作曲家。
③ 依西多尔·德·拉拉（Isidore de Lara 1858—1935），英国作曲家、歌手。
④ 菲莉阿·莉特威尔娜（Félia Litvinne, 1860—1936），意大利女唱家。
⑤ 梅利亚娜·艾格隆（Meyriane Héglon, 1867—1942），比利时女歌唱家。
⑥ 弗朗西斯科·塔玛纽（Francesco Tamagno, 1850—1905），意大利男高音歌唱家。
⑦ 阿尔芒·希尔维斯特（Armand Silvestre, 1837—1901），法国作家。
⑧ 普利阿普斯（Priape），希腊神话中掌管园艺、畜牧、生育之神。
⑨ 奥塞码头（quai d'Orsay）：巴黎塞纳河边的一个码头，因法国外交部位于该码头对面，因此奥塞码头也成为法国外交部的别称。

雕塑家在那里拥有了一间由国家提供的工作室。我们住在大学路一座可爱的小屋中，罗丹在那里躲避卡米尔·克洛岱尔①神经错乱的尖叫，还有夜晚默东②的工作室中等着他的罗丝③的指责。家庭的地狱才是他真正的《地狱之门》。我在他的工作室中还见到了《地狱之门》巨大的灰色石膏模型，积满了灰尘。还有挂在窗扇上的《犹葛利奴》和《回头浪子》，二十五年来，它们在蜘蛛网中一动不动。那个一吃完午饭就离开我们，就回到工作室的初出茅庐的罗丹已经远去。那时候，伊莎朵拉·邓肯④和那些美国人在工作室等他，排着队花四千金法郎买下他们的半身像。直到 1914 年 7 月，我才在伦敦再次见到罗丹。他去那里参加一个展览的开幕式，由葛夫乐伯爵夫人陪同。轮船上的服务被临时动员打断，他只好不穿内衣，裹着伯爵夫人的两件睡袍度过了这个夜晚。他把这两件"盖尔芒特⑤味十足"的睡衣的衣袖系在一起，裹住他普拉克西特列斯⑥一样的上半身。

---

① 卡米尔·克洛岱尔（Camille Claudel，1864—1943），法国雕塑家，罗丹的情人。
② 默东（Meudon）：法国城市，位于法兰西岛上塞纳省。
③ 罗丝（Rose）：罗丹的妻子。
④ 伊莎朵拉·邓肯（Isadora Duncan，1878—1927），美国舞蹈家，现代舞的创始人。
⑤ 盖尔芒特（Guermantes）：普鲁斯特小说《追忆似水年华》中的人物。
⑥ 普拉克西特列斯（Praxiteles，生卒年不详），公元前 4 世纪古希腊雕刻家。

罗纳河谷,1906 年

那天早上,一切都冻结了:风景,阳光,天空,旅馆,还有人类,所有的一切都在心醉神迷中凝固了,它们不再仅仅是冷热交替的凝固幸福中的一个碎片。沉睡的天鹅醒来,脚掌已被冰冻住。冬季,不再只是围着火堆取暖的脚、冻疮和失去知觉的耳朵,而是一个一直对我隐藏的季节:一个白色的夏季,贫瘠却因河流与收获而躁动的另一个夏季。冬眠这个说法并不存在,但是我已经感觉到严寒会让人长寿。温度计上的水银柱已经消失,蜷缩进小球中。落叶树只剩下空空的树架子,树枝只是空中的根系。我触及到了最高点,我宁可成为山中的向导、锯木工、植物学家,甚至是马厩的雇工,也不愿重下河谷。我再也无法忘记我突然走进这个世界的那一瞬间。我从未如此存在过,这是何等的充实啊!我感觉到一种简单的快乐充盈着我,这是一种与自然、与世界、与万物规律完全的和谐统一。我别无他求,只愿时间可以停驻在此刻。刹那间,我突然明白真正的财富是无价的。

很久之后,我将会明白自己在这些处女峰前发出的惊叹;正是因为它们,我逃离了一个牢笼,这是一个怎么样的牢笼呢?

我在左拉笔下的黑色巴黎中长大,脚踏惠斯勒所绘的柏油路,与莫泊桑描写的卑劣农民为伴,行于福楼拜式的忧郁外省,见惯了冒着热气的黑色暖气片,突然之间一切都变成白色了!

这面神奇的镜子让我看到了我未来的生活。直到那时,一直沉睡的深层力量开始发挥作用。我突然间找到了自我。

在我对面,是萨瓦边境和全力抵抗着北部的险峻山脊。我的脚下,偎依着汝拉山的湖泊上升腾起蓝色的雾气。这条山脉好似一只体型颀长的爬行动物,蜿蜒的山脊上布满冰霜和杉树。我的右手边是韦维、克拉朗斯和拉图尔①地区层峦堆叠的岬角,岬角的尖角伸展到阳光下波光粼粼的水面中。我的身后,是雷萨凡、松鲁和雅曼,山势高低不平,翻卷着疏松的泥土向下倾斜,匆匆涌向罗纳河,尽管山上有木屋和突出的山岩努力地保持水平位置。

我想逃脱的是何种可怕的魔爪,我忽视了这点吗?逃离,是为了什么?为了什么都不做。这种原始的惰性,今天我又在年轻人身上找到了。日前一项针对16岁少年所作的调查证实:对他们来说,娱乐比食物、住房和家用器具都更重要……那一天,我就已经感觉到这上百万的少年日后会成为怎样的人。我轻快地飞越黏稠的雪水,它们玷污了湖水,令罗纳河谷窒息。

一个光辉的信仰战胜了我的优柔寡断:我将逃离,我不知道我要逃避什么。但是我隐隐觉得我生命的轨迹将会转向外部,转向其他地方,转向光明,不是明天,而是即刻。这种足以抓住瞬间的灵敏,这种伴我已久的忙碌之人的紧迫感。我将逃离人类,逃离时间。我觉察到身上有一种动物般的野性力量,

---

① 韦维、克拉朗斯、拉图尔及下文的雷萨凡、松鲁和雅曼都为瑞士沃州(Vaud)地名。

一种唯有死亡才能克服的兽性。吉罗杜①曾对我说："你就是一个野蛮人。"此时，挂钟的摆动声在耳边响起，后来这个声音一直萦绕在我耳边。一种可能是分娩前子宫收缩的味道，与青春期表现的对空间的酷爱形成鲜明的对比。对沙漠、大海和草原的向往让狭小房间里的生活黯然失色。

我厌恶高墙重门，界限和墙壁令我恼怒。

意大利，1907 年

第一次出逃时，我不到 20 岁，我冲向意大利，就像冲向一个美丽的女人。在马丁岬角②，祖母让我远远地欣赏她崇拜的欧仁妮皇后③（"多么美丽的肩膀！"），当时她正在散步。我跟着祖母一直到蒙特卡罗的轮盘赌场，因为还未到法定年龄，只得从栏杆下溜进大厅。口袋里揣着四五个金币，那是我第一份也是当时仅有的一份家当。为庆祝刚建成的辛普伦隧道，车票减价了，我趁这个机会乘车赶到了那不勒斯，在那里等待吉罗杜乘坐的意大利客轮在哈佛上岸。

在那不勒斯，我像在科镇④一样身心沉醉。那是在圣埃米尔城堡上，我独自一人在葡萄架下享受午餐的时光。我注视着

---

① 让·吉罗杜（Jean Giraudoux，1882—1944），法国作家。
② 马丁岬角（Cap Matin）：位于法国东南部。
③ 欧仁妮·德·蒙蒂若（Eugénie de Montijo，1826—1920），法兰西第二帝国皇帝拿破仑三世的妻子，人们称之为欧仁妮皇后。
④ 科镇（Caux）：法国埃罗省的一个市镇。

下面劳动的人们，他们劳作的喧嚣声一直漂浮到我耳中。什么都没有发生，我无所期待，无所付出，我接纳一切。几百万年的等待后，我终于收到了这份至高无上的礼物：葡萄架下的一个上午。没有任何理由阻止它。一个远古的传统保障了一切，为我留下了那个命中注定的地方。我的出生是为了履行我所背负的责任：提香和委罗内塞①，他们作画只不过是为了让我为他们惊叹，他们在等待着我；几个世纪以来，意大利一直在为我的来访而作准备。

在我看来，享受别人的成果是理所当然的。那不勒斯挂满衣服的街道上空，我的思绪漂浮在天空的虚幻中，天空大口大口吞咽着维苏威火山喷出的浓烟。这样的冷漠、喜欢沉思的自负、这样的消极，并没有让我摆脱烦恼。尽管懒惰延长了我的生命，捷径却已明显延长了我的路程。我在人群中穿梭，在事物中打转，我在坚硬的土地上跃动，逃避一切依恋，情感居无定所，完全专注于自我。我是一个狂热的旅行者，所有的一切都令我着迷。"很不幸，我得回法国了"，当时我在寄给母亲的一张明信片上这么写着。我后来一直对此感到羞愧不安，直到去年的一天，我的目光落在了《费加罗报》对中心学校入学考试第一名的访谈上。我看到上面说："您未来的计划是什么呢？""我将在美国待一年，在伯克利大学。""然后呢？""然后……很不幸，我得回到法国。"昨天有失尊敬的言语，今天变成了日常的谈话。这就是六十年后与我相聚的后代们。

---

① 保罗·委罗内塞（Paolo Véionèse, 1528—1588），威尼斯画派中的一位现实主义大师。

伦巴第,1908 年

  发现那不勒斯,就如同赋予太阳真正的名字。而在伦巴第生活,等待进入威尼托①,则截然不同,这仿佛是从友谊转向爱情。

  夏季,我的父母南下意大利,就像前往圣地一样准备在那里接受戒律。意大利是博物馆、美术馆、图书馆的天下,其中穿插着一些公用建筑、工厂、火车站、农场等,是为方便生活而建的。在旅途中我们遇到了另一类人,他们以一种陌生的语言谈论破产、盈利、罢工、薪酬和每公顷的产率,这对我们来说毫无意义。

  我们在特雷梅佐②停留了几周,那里的湖泊在睡莲叶子的摇曳下泛起涟漪。在这些夏季花园中,我们追寻着16世纪以来米兰红衣主教们的踪迹,从玉兰花影下到柠檬味的花朵里,都有他们的身影。我们在科莫湖上等待酷暑的消退,等待伦巴第地狱的终结,炎炎酷暑几乎将波河畔的柳叶都烤干了。

  我曾经在湖中游了两公里,从特雷梅佐游到了贝拉蕉③。当我拨开黏稠的湖水时,我甚至以为摸到了鱼。

---

 ① 威尼托(Vénétie):意大利东北部地区名,威尼斯为该地区首府。
 ② 特雷梅佐(Tremezzo):意大利城市,位于科莫湖附近。
 ③ 贝拉蕉(Bellagio):意大利科莫湖畔的港口小镇。

8月的最后几天，我在特雷梅齐纳①的栗园里避暑，那里凉爽得如同托尔瓦德森②的大理石雕像。我坐在蜿蜒行驶的小火车上，去远方的提契诺③购置香烟。当我低头注视着缤纷而落的栗子花时，恍若看到了闪烁的星星。我再也没有忘记过特雷梅齐纳这片栗子林的香气，法布里斯④正是穿过这片林子前往滑铁卢。在特雷佐，我尝到了栗子，它们犹如一只只可爱的刺猬，而栗树的叶子，就像是一把把弓锯。1944年，我又住进了一座栗子园，那是在蒙特勒⑤，三年时间里我以栗子为食。这些板栗和板栗壳被堆积在一个浴缸中。马里兰的栗子林从废弃的别墅绵延而下，一直延伸到泰里特⑥最外围的屋顶，最后消失在莱蒙湖中。这些栗林跟《新爱洛伊丝》⑦中克拉朗斯的栗林一样，如今人们为了种植葡萄林把它们砍掉了。

一到9月，我们就启程前往威尼斯。周围的风景变化了，我看到的不再是科莫湖畔的柏树，而是伦巴第平原上耸立的工厂烟囱；铁轨边不再是成排的葡萄树；透过车窗，人们看到米兰刚刚显示出一个全新的工业化意大利的样子。可是这么多的轮胎、轴承和白痴工业都有什么用呢？我背对未来而生活，未来注定要内化为过往，除此之外它还能是什么呢？

---

① 特雷梅齐纳(Tremezzina)：意大利城市，位于科莫湖附近。
② 巴特尔·托尔瓦德森(Bertel Thorvaldsen, 1770—1844)，丹麦雕塑家。
③ 提契诺(Tessin)：瑞士的意大利语区，位于瑞士南部。
④ 法布里斯：司汤达小说《巴马修道院》的主人公。
⑤ 蒙特勒(Montreux)：瑞士地名。
⑥ 泰里特(Territet)：瑞士地名。
⑦ 《新爱洛伊丝》(la Nouuelle Héloïse)：法国作家让-雅克·卢梭的书信体小说。

我们在米兰暂停，住在一家法国人最喜欢的饭店里，当时这家饭店叫做"法国饭店"。父亲走进房间，发现壁炉上是一堆丑陋的青铜器，青铜器下面挂着一个意大利挂钟，产自最糟糕的维托里奥·伊曼纽尔一世①时期。父亲喊道："对着这么可怕的东西，我永远都别想睡着！马上出发！"于是我们没吃口热饭也没睡上一觉就又重新启程赶往威尼斯了。父亲并非装模作样，他确实经历过罗斯金②时代，他曾结识威廉·莫里斯③、拉斐尔前派画家和自由派，这些人都是会将最普通的用具打造成艺术品的人。不论是在父亲家还是在我们家，将就丑陋无异于自取其辱。我曾见过拉里科④像托尔斯泰一样给自己做皮鞋，伽雷⑤自己做了个烤炉，后来布朗库斯⑥还用这烤炉给我们做了牛排。父亲为自己的剧本设计服装和布景，甚至还为法兰西喜剧院画了一幅伯恩·琼斯⑦风格的中世纪舞台幕布。

---

① 维托里奥·伊曼纽尔一世（Vitorio Emmanuel I, 1759—1824），撒丁尼亚国王（1802—1821在位）。
② 指约翰·罗斯金（John Ruskin, 1819—1900），英国作家和美术评论家。
③ 威廉·莫里斯（William Morris, 1834—1896），英国拉斐尔前派画家、手工艺艺术家、设计师。
④ 赫奈·拉里科（René Lalique, 1860—1945），法国珠宝设计师、玻璃雕刻家。
⑤ 埃米尔·伽雷（Émile Gallé, 1846—1904），法国琉璃艺术大师。
⑥ 康斯坦丁·布朗库斯（Constantin Brâncusi, 1876—1957），罗马尼亚裔法国雕塑家。
⑦ 伯恩·琼斯（Burne-Jones, 1833—1898），英国画家。

1908 年
后视镜中的威尼斯

威尼斯,普鲁斯特称之为"美的宗教圣地"。八年之前,我还完全不知道普鲁斯特(尽管父亲曾在马德莱娜·勒梅尔①家遇到过他,我却是在十年之后通过普鲁斯特本人才知道这件事),那时他透过罗斯金看威尼斯,但是他已经意识到威尼斯这个美的宗教所讲究的是什么。"罗斯金没有把美设想成一个享乐之物,美对他而言是一个比生命更重要的实体……"如果普鲁斯特遵循《让·桑德依》②,那他就不过是一个享乐主义者。但他曾经遭受痛苦,他超越了美,他创造了斯万。正因如此,我们这个严厉的时代原谅了他的公爵夫人们。我初出茅庐,并不认为人们对美负有责任,美对于我来说只不过是一个用来逃避道德的借口。而罗斯金呢,就如布洛克③所说,是一个极其令人生厌的人。

我自言自语地反复说道:"你否认过去,你拒绝现在,你奔向一个无法预见的未来。"我想拥有一颗纯洁的心,克服对自己的厌恶心理,所以我把威尼斯当做红颜知己,她会代我作答。

---

① 玛德莱娜·勒梅尔(Madeleine Lemaire,1845—1928),法国画家。
② 《让·桑德依》(*Jean Santeuil*):普鲁斯特在 1895 年至 1900 年撰写的第一部长篇小说,没有完成。
③ 马克·布洛克(Marc Bloch,1886—1944),法国史学家。

在威尼斯,我比在其他地方更能够思考我的人生。如果我出现在某幅画的角落里,就跟《列维家的宴会》①里的委罗内塞一样,那就太糟了。

威尼斯的运河乌黑如墨水,这是让·雅克·卢梭的墨水、夏多布里昂的墨水、巴雷斯②的墨水、普鲁斯特的墨水。在这里蘸一下笔尖,不仅仅是一项极简单的法语的义务。

威尼斯没有抵抗阿提拉③、拿破仑,也没有反抗哈布斯堡家族④和艾森豪威尔,她有更重要的事要做:存活下来。侵略者以为威尼斯是建在岩石之上的,他们错了。威尼斯站在了诗人们这一边,她是建在水上的。

对我来说,永恒的威尼斯火车站一直是一个辉煌的入口。当时的车站与现在的车站并不一样,现在的车站有跟墨索里尼式铁路剧院一样的列柱廊。("这是威尼斯:您将会看到您将要看到的。元首万岁⑤!")原先车站的三个拱廊,因为潮湿而生了铜锈,又被煤烟熏的黑乎乎。没有改变的是小圣西门教堂青铜绿的穹顶,两次世界大战的炸弹瞄准了铁路,它得以幸存下来。火车站的左边和对面是一些餐厅,人们可以在那里享受晚餐,脚下踩踏着水,头顶上方是贮物箱中的月桂树叶。桑塔露琪亚

---

① 《列维家的宴会》(la Maison de Lévi):保罗·委罗内塞 1573 年创作的巨型油画。
② 莫里斯·巴雷斯(Maurice Barrès,1862—1923),法国小说家、散文家。
③ 阿提拉(Attila,406—453),古代欧亚大陆匈人最伟大的领袖和皇帝,曾多次率领大军入侵东罗马帝国及西罗马帝国。
④ 哈布斯堡(Habsbourg)家族:德意志封建统治家族。
⑤ 元首万岁(Viva il Duce!),原文为意大利语,元首指墨索里尼。

车站站前广场和土耳其仓库①的水没有其他地方那么难闻,因为湖水被螺旋桨搅动吸收了氧气,却并不释放出硫化氢。

那时候,贡多拉船夫仍然主宰着运河。从火车站出来后,船夫带我们抄近路走新运河,我们一下子就到了学院,他很为自己制造的这个惊喜而得意。船夫竖起手中弯得像钎头似的船桨,口中有节奏地喊出那些响亮的宫殿名字:佛斯卡利宫、朱斯蒂尼亚尼宫、雷佐尼科宫、罗兰丹纳宫、维尼尔宫、达里奥宫……(有些船夫因为年迈和风湿而弯腰驼背,看上去就像在跟我们打招呼。)船夫们总是敌视、嘲笑那些经过的汽轮。就在昨天,主宰运河的瓦波莱迪②还罢了工,为的是不让仅剩的几艘贡多拉进入新运河。平静的水面变得波涛汹涌③。

终于,海关出现在我们的视线里,它位于一座幸运女神像之上,当时神像还是金黄色的,现在已成铜绿色了。④

大运河上这支浩浩荡荡的队伍,泰奥菲尔·戈蒂埃口中"威尼斯贵族的船名录",把我们一直带到圣毛里齐奥渡口。那里有一套位于三楼的小套间,是我父母租的。小巷里空无一人,伴着一声"漂亮的葡萄哟"的喊声,一个篮子被系在绳端垂下,稳稳地落到葡萄商那儿,装满麝香葡萄后篮子又被拉了上去,送到已经摆好饭菜的午餐桌上。房间里,人们已将蚊帐折

---

① 土耳其仓库(dei Turchi):位于威尼斯,建于13世纪前期,曾是流放罪犯的收容所,1923年后被改建成威尼斯自然史博物馆。
② 瓦波莱迪(Vaporetto),原文为意大利语,指威尼斯运河上的汽艇。
③ 瓦波莱迪与贡多拉的斗争持续了60年,贡多拉联合会曾尝试让它的对手们改道朱代卡岛(Guidecca)。
④ 幸运女神像被重新镀过金(1971年)。

叠成降落伞状收在床顶，房间里有股冷冰冰的死蚊子的味道，它们死于令人作呕且让人昏昏欲睡的三角形小草。运河上飘荡上来一股腐烂的气息，那是被人们遗忘在花瓶中枯萎的花束。

清晨，瓦波莱迪嘶哑的鸣声，运河的水波映在淡绿色天花板、石膏浮像和光影斑驳的墙面上的波纹将我唤醒。只需50生丁，理发师就可以上楼为我刮胡子（剃刀对胡须展开奇妙的进攻，这些钢制的意大利剃刀上刻着金字，意大利男人人手一把，每日都不离身）。现在我光脚穿草底帆布鞋，不扎领带。那时候，差不多一年到头都有人嘲笑我可笑的装束：白色的法兰绒裤子，脚上是白纱短统袜，头戴白色毡帽，扎着领结，衣领笔挺。

随着一声"波普"，圣毛里齐奥渡船的蓝皮诺[①]向我致意。他一手拿着脏兮兮的帽子（连穷人都人手一顶帽子，他们用它来打招呼），另一只手握着贡多拉的挂钩。他提出送我过河，就像丹多罗[②]时期的威尼斯共和国提出将十字军一直送到拜占庭一样。我拒绝了他的好意，钻进了通向皮萨尼宫的小巷（那时候皮萨尼宫被粉刷成温暖的浅红色，类似意大利煎虾的"珊瑚红"）。到达皮萨尼宫后，我继续前往摩洛希尼宫，这座宫殿耸立着高傲的尖肋拱顶，如此精细的哥特式建筑简直像是英国的。我从圣玛利亚佐比尼果教堂、圣斯特凡诺教堂和圣维达勒

[①] 蓝皮诺（rampino），原文为意大利语，指在码头帮助贡多拉靠岸、乘客下船的人。

[②] 安德雷亚·丹多罗（Andrea Dandolo，1306—1354），威尼斯总督（1343—1354在任），14世纪威尼斯编年史的作者。

教堂前经过，前往圣莫伊塞教堂等待母亲做完弥撒。这个教堂的正面的前伸、后缩部分，皆为附加建筑，已经被讨厌的鸽粪弄成了白色，威尼斯的鸽子甚至能把石头都吃下去。泰奥菲尔·戈蒂埃让我喜欢上这座方尖碑形，柱身饰有半圆环饰的教堂，它与罗西尼①的歌剧《摩西和法老》中的序曲如此相似。我拉开红色的窗帘（跟现在一样的窗帘，只是没有这么多丑陋的酒吧门）：里面亮着的许愿灯比圣墓教堂的还要多。耶稣会的忏悔室，有着比悔罪祷告更参差不齐的巴洛克式护栅，里面传来罪孽的声音。忏悔室似乎是从17世纪才开始出现的，萌芽时期普遍认为应该隐瞒罪孽……我心情愉快地驻足在纸币发明者苏格兰人约翰·劳②的墓前，这个洛可可式建筑适合这位财政洛可可的发明者（通货膨胀是浪漫主义，而通货紧缩则是古典主义）。

"如果巴尔费林纳③有钱的话，他就会到威尼斯来生活。白天在博物馆、剧院游荡，晚上跟漂亮的女人侍在一起"（巴尔扎克）。事实上，凤凰剧院那时没有开放，至于漂亮女人，我很怕步让-雅克的后尘，交际花没有减轻他的寂寞，反而差点令他变得下流，另一个独眼女人也没能抚慰他。还有那个12岁的少女，她太年幼了，让-雅克只是像父亲一样爱着她并且教她音乐。没有女人的夜晚让人痛苦，但是我绝不敢像德·布罗斯议长一样，在查阅了"威尼斯妓女价目表"后，还敢走近交际花马利亚

---

① 焦阿基诺·罗西尼（Gioachino Rossini，1792—1868），意大利歌剧作曲家。
② 约翰·劳（John Law，1671—1729），苏格兰金融家，纸币的发明者。
③ 巴尔费林纳（Palférine）：巴尔扎克小说《浪荡王孙》中的人物。

娜和弗娜芮娜。

私生活！这个词对我们的子孙已经没有意义,他们正处于易冲动的年龄,不会克制激动之情和强烈的欲望。如今的年轻人具有凶残的嗜好,就像那些暴躁的人群。正是肉欲的禁锢为我们自己赢得了一个今天已经难得一见的帝国。直到将近1920年,我们才确定我们已经失去的太多,我们不再年轻,我们扑向那些唾手可得的目标,口味众多却难登大雅之堂。如今,处女们会在床上等着小伙子们,世纪初的时候,我们只有妓女而已,即便如此还不一定能进得了妓院,这取决于客人的身高。我们班第一个进入妓院的是波德洛克——就是那个有名的产科医生的儿子——他比我们高出两个头。他进去的时候,我们就在汉诺威路上踱来踱去。他出来的时候,问题如雨点般袭来:"女人到底怎么样啊?""我们进得去吗? 有可能吗?"那时我们13岁,还需要等待……如今我很懊悔往日那段在等待中度过的生活。社会所强加给我们的这种苦行,这种禁欲,赋予女性一种异乎寻常的韵味,赋予她一种本不该有的神圣感。这里还是年轻的贝尔①在"没有女人的那两年"所见到的意大利,他想在那里养病:18岁那年,他染上了花柳病。

至于年轻姑娘们(或许还不能称为"姑娘"呢),发生了关系就必须把她们娶回家。

那时候,小伙子们会把姑娘们娶回家,把过错承担在自己身上:赔偿并忏悔。这种方式既遵循封建制度的法规,又包含

---

① 此处指法国作家亨利·贝尔(Henri Beyle,1783—1842),笔名司汤达。

科西嘉式的惩罚以及民事诉讼的要求。绝不可以"牵累"一个年轻姑娘,"牵累"是一个可怕的词,它意味着社会义务、风流韵事、诉讼案件。私生子是其中最可耻的一个结果,没什么好笑的。陷阱无处不在,在每封邀请信背后,在最平常的散步中,女人的身体就像一个个捕鸟笼。女性的魅力就是诱惑。手沿着光滑的大腿摸到根,就像伸进了装胶水的容器。

我又见到了我的同学罗伯特·D,他跨坐在圣马可广场的一只石狮上,向我讲述刚刚他是如何侥幸逃脱的:

"昨天我在学院的一尊贝里尼的雕像前面碰到了她,我甩掉了她母亲和她姐姐。今天早上的约会,我到达涅利酒店去找她。"

"小姐还没有完全梳洗好,她请您上楼……"

"我见到她的时候,她已经穿好衣服。她戴着一顶大大的樱桃帽,手中拿着一把英格兰刺绣小阳伞,脖子上围了一层薄纱。亲爱的,想象一下卧室吧,想象一下卧室里凌乱的床的气息、冰冷的咖啡味、温热的肥皂味……我在她身边坐了下来……"

"坐在沙发上吗?"

"比这还要糟!我坐在了被子上……她朝我转过头,我开始结巴起来:'您母亲可能会进来的……'我根本不可能把话说完,我无力自持,每一秒钟我都像在往陷阱里掉。"

"小水流在大河面前除了迷失自我,还能做什么呢?你现在是未婚夫啦,恭喜恭喜!"

"……她的双臂拢住我的脖子,仿佛结婚戒指套在手指上,她的手铐……"

"手铐?"

"她抬起胸脯压在我的胸口,她的肚子不由自主地抽搐起来,好像在分娩一样……"

"你进展神速啊!"

"她姐姐带着奇怪的表情进来了,既有嫉妒、厌恶还有默契……什么都有,就是很不自然……就在这时,我通过敞开的窗户看到一名贡多拉船夫在稻草桥下经过,他口中喊着'哦伊!'你知道那是什么意思吧,在贡多拉船夫的语言中,意思就是'当心!'这话真没有白说啊。"

听了罗伯特·D的话,我发誓我绝不找情人了。

当我面对已婚女子时,我会非常害羞。如果是她们主动的,母亲就会深深地叹气,更加频繁地去祷告。这事如今还是让人发笑,每个年龄段都有它的不幸。

来来往往的同性恋们戴着指环,像圣马可广场上的鸽子一样咕咕直叫。威尼斯,这座"反自然的城市"(夏多布里昂语),一向都能接受他们。我见过他们中的一位,他最近因为一起诉讼案而出了名,以至于人们在卡诺路口公开指责他。这位著名的菲尔逊①刚刚发表了一首关于威尼斯的诗,《废墟中的圣母》。"我不跟同性恋握手,"我父亲说(他没意识到其实他一天到晚忙的就是这个)。"又是一位袖套骑士,"他接着说(那时候,从

---

① 雅克·德阿戴尔斯瓦尔-菲尔逊(Jacques d'Adelswärd-Fersen,1880—1923),法国小说家、诗人,因在法国创办第一本同性恋期刊而闻名。

他们袖子里掏出的手帕就可以认出他们）。普鲁斯特在一封未曾发表的信中曾说过，同性恋者，"这部分遭受人类集体谴责的人群"，形成了一个秘密的社会。如果我们忘了索多姆城①那时代表的是厄运，我们就无法读懂《追忆似水年华》。甚至在威尼斯，同性恋也只不过是一种最不引人注目的美术。

父亲继承库尔贝先生的传统，一只胳膊下夹着画布，另一胳膊夹着颜料盒，背着画架，涉水而过，坐在圣格雷戈里奥修道院对面的安康圣母教堂的台阶上。父亲年轻时曾租下这座修道院，那时候它摇摇欲坠。现在这儿是一个美国人的豪华临时住所。父亲将拇指放进调色板，在墙上的粗糙粉刷层上磨着刀。画家们都曾爱上这座有着长方形廊柱大会堂式的许愿大教堂，无论是瓜尔迪、加纳莱托②，还是浪漫派和印象派，他们都难以抵挡这座教堂涡形装饰的魅力，它们像波浪般展开，随时准备涌动，阳光在灰绿色穹顶上转动，球面上闪现各种光怪陆离的细碎色彩。

威尼斯的法国人在晚餐后相聚在圣马可广场上，大家有的在简陋的膳宿公寓用餐，有的在豪华的餐厅里用餐，很高兴能避开某位尊贵的女主人。他们中有的人来自达里奥宫，这座宫殿"弯着腰就像个被项链压垮的高级妓女"（我们都喜欢邓南

---

① 索多姆城（Sodome）：源于《圣经》，是一座以男同性恋著称的城市。《追忆似水年华》中有描写同性恋的《索多姆和戈摩尔》。
② 加纳莱托（Canaletto，原名 Giovanni Antonio Canal，1697—1768），意大利画家。

遮①!)。还有的来自波尼亚克宫，也就是穆拉家族的宫殿，他们从摩洛仙尼女伯爵（她竟然戴了一顶总督的帽子）家中带来了柏林宫廷的最新消息，穆拉家族就是柏林宫廷的音箱。我们喝着"花岗岩"，一种咖啡里的碎冰块，和我们一起的有马瑞阿诺·佛坦尼②，他是西班牙人梅松涅尔的儿子，被威尼斯人收养；有室内画家弗朗西斯·洛布尔和他妻子，他妻子是安娜·德诺艾伊的医生（当时是个荣誉头衔）；有装潢师德雷萨和卢歇，卢歇当时还不是戏剧大师，他导演了马克西姆·迪托马③和吉罗杜首次出演的《大审查》；有安德雷·多德雷，由于不断翻译邓南遮的作品，后来他竟跟邓南遮相像起来；还有一些美术馆的职员，同时也是我父亲的同事也加入了我们的行列：卢琼、哈瓦尔、美术馆馆长亨利·马塞尔（加布里尔的父亲）、巴斯盖兄弟、罗杰·马克斯（克劳德的父亲）。

这才是活生生的人，而不是后来那些在俄罗斯芭蕾舞流行时期占领威尼斯的国际明星们。这个熟人的圈子很不起眼，就跟那时候的法国人一样。男人们对事物要求极其严格，他们学识渊博，懂得权衡一切，品味最可靠。他们极其谦逊，厌弃时髦，腔调独特，"令人不可小视"。他们中没有预言家，没有人敲打香槟酒瓶，也不会在礁湖上泛波起浪。他们不搞男女私通，妻子戴的项链都是穆拉诺水晶玻璃的。

---

① 加布里埃尔·邓南遮（Gabriele d'Annunzio，1863—1938），意大利诗人、记者、小说家戏剧家和冒险者。前面一句为作者引用邓南遮的话。
② 马瑞阿诺·佛坦尼（Mariano Fortuny，1871—1949），意大利著名设计师。
③ 马克西姆·德托马（Maxime Dethomas，1867—1929），法国设计师、画家、布景师。

在威尼斯，他们比在任何地方都更厌恶买卖。他们厌恶的场景之一便是丑陋的塞维提商店，那里大白天也开着数千盏吊灯，现在还在破坏着大运河的美景。这些法国人收藏有名家的素描而非油画（并不是钱的问题）。他们不是理论家，不是知识分子，说话时不以"主义"结尾。如果要列个单子说明他们不是什么，不说什么，不做什么，恐怕这个单子会很长。总之，他们是独一无二的，他们不会像其他人一样无病呻吟。昨天，我发现他们欣赏莱奥托①的独立精神，我认为那是一件奇特的事。因为我年轻时代认识的所有这些有趣的人，都因他们直率的性格、良好的修养和独立的思想，而称得上是一个莱奥托。不与其他人比较时，我曾觉得他们都是十分平凡的。现在，我明白了他们不仅仅只是一种文化，他们是一种文明。

也许他们不清楚自己想要什么，却十分肯定自己不想要什么。他们可以宽恕拉瓦肖尔②，却绝不会原谅那些"没有教养的人"（这是他们用的词），就像儒勒·列那尔③，他们对某些东西深恶痛绝。他们中没有人是平庸者（我是后来在政府中才明白了什么是平庸），他们的谈话构成某种"圣洁的对话"。我回想起他们相似的外貌：都穿黑色羊驼呢外套，戴着黑色的窄边平顶竹编草帽，手上是灰纱手套；夏天扎着白色提花领带，冬天则打着黑色中国丝绸领结。衬衫上了浆，衣领和袖子连在一起。

---

① 保罗·莱奥托（Paul Léautaud, 1872—1965），法国作家和批评家。
② 弗朗索瓦·拉瓦肖尔（François Claudius Ravachol, 1859—1892），野兽派最优秀的代表，法国无政府主义者，制造了数起谋杀事件。
③ 儒勒·列那尔（Jules Renard, 1864—1910），法国作家。

他们把瓦波莱迪叫做小汽船、汽轮或是客轮。出于节约,他们到奎里尼·斯坦帕里亚基金会博物馆的陈列室去看《费加罗报》。他们不能原谅拿破仑的建筑师们破坏了执政厅入口处由桑索维诺①设计的精美的圣吉米尼亚诺教堂。帕拉迪奥②曾想拆毁圣马可大教堂并代之以一座新古典主义教堂,他们因为这个气得面红耳赤。

对这些人来说,政治无关紧要。德雷福斯事件已经是很久以前的事了……政治从卢贝③政府(1900年)开始就已经消失了,人们直到1936年才又见到它。在他们看来,巴雷斯始终是他最初几部小说中的无政府主义者,而莫拉斯④只不过是个诗人,布朗热⑤、德雷福斯、德鲁莱德⑥不过是政治这项过时运动的冠军。这些法国人甚至叫不出当时议会主席的名字,他们眼中古老的政体既不是杜尔哥⑦式也不是特瑞教士⑧式,古蒂埃式或者是加布里埃尔式。他们谈论的不是:"法国又在弗金斯获得了一块殖民地",而是"我们再也没有像路易十六时期那样给青

---

① 雅各布·桑索维诺(Jacopo Sansovino,1486—1570),意大利建筑家和雕塑家。
② 安德烈亚·帕拉迪奥(Andrea Palladio,1508—1580),意大利建筑家。
③ 卢贝政府:1899年到1906年间由法国政治家埃米勒·弗朗索瓦·卢贝(Emile François Loubet,1838—1929)组建的政府。
④ 夏尔·莫拉斯(Charles Maurras,1868—1952),法国诗人。
⑤ 乔治·欧内斯特·布朗热(Georges Ernest Boulanger,1837—1891),法国军事和政治领袖。
⑥ 保罗·德鲁莱德(Paul Déroulède,1846—1914),法国作家。
⑦ 安·罗伯特·雅克·杜尔哥(Anne Robert Jacques Turgot,1721—1781),法国经济学家,重农学派最重要的代表人物之一。
⑧ 玛丽埃·特瑞(Marie Terray,1715—1778),法国政治家。

铜器镀金了"。他们不把皇室当做标准,他们看重的是戈雅①或德拉克洛瓦②的统治。他们的威尼斯,仍是1850年的威尼斯,仍是泰奥菲尔·戈蒂埃笔下的威尼斯,仍是安康圣母教堂和它的"雕像群"以及镶嵌瓷砖上鳞状的饰物。

我在家中的餐桌上又见到了这些人,他们围坐在一盘铺满帕尔玛干酪的经典意式焖饭边,又或是对着一盘用火烤的浇满蒜酱的死泻湖鳗鱼。父亲总是微笑着,从不放声大笑,面对如此多姿的客人,他也黯然失色了。对我们的客人来说,往昔就是现在。阿尔芒·巴谢③,最一流的风流才子之一,向我们宣告他在波西米亚达克斯城堡内最新发现的妇女们的信件:"我们曾经以为卡萨诺瓦④是个吹牛大王吧?其实他几乎说出了全部事实!"卡萨诺瓦于我就像一个演技拙劣的叔叔。卡米尔·毛克莱⑤来我家喝咖啡,我们为了弄清楚缪塞⑥曾住在达涅利饭店(即以前的意大利饭店)的哪个套房而争论不休。是路易斯·科列⑦声称的13号房,还是巴给罗⑧所说的那两个房间?感情本身比文化走得更远。总督府,好吧,但是我们不该为之前那

---

① 弗朗西斯科·戈雅(Francisco Goya,1746—1828),西班牙画家。
② 欧仁·德拉克洛瓦(Eugene Delacroix, 1798—1863),法国画家。
③ 阿尔芒·巴谢(Armand Baschet),原名Paul Dumont,1829—1886),法国人文学家、记者。
④ 贾科莫·卡萨诺瓦(Giacomo Casanova,1725—1798),极富传奇色彩的意大利冒险家、作家,"追寻女色的风流才子"。
⑤ 卡米尔·毛克莱(Camille Mauclair,1872—1945),法国作家。
⑥ 阿尔弗莱·德·缪塞(Alfred de Musset,1810—1857),法国浪漫主义作家。
⑦ 路易斯·科列(Louise Colet 1810—1876),法国女作家。
⑧ 皮埃特罗·巴给罗(Pietro Pagello,1807—1898),意大利医生,在乔治·桑和当时的情人缪塞一起在威尼斯旅行期间,与乔治·桑发生了恋情。

座宫殿感到可惜吗？那座设有吊桥的拜占庭式宫殿，它的瞭望塔已有上千年历史，那时小广场边上有个港口吗？带大理石栏杆的威尼斯桥梁确实很迷人，但是让我们想象一下之前的那些桥梁吧，那些没有围栏，坡度缓缓的桥梁。行政长官们骑马出行，然后将马儿留在稻草桥上吃干草。我们的朋友就这样追溯往昔，追溯到更加新鲜有活力的时代，就像鲟鱼越过障碍逆流而上。

画家托谢①仍是个十足的麦克马洪②主义者，他总在我们喝格拉帕③时按响门铃。他仍然使用壁画法作画，就像三个世纪前人们在威尼斯所做的那样。托谢曾用坦培拉画法给沙巴奈高等妓院④作装饰，因而声名大噪。这个糟糕的地方（在美术学院，学生们把托谢叫做"沙巴奈的耻骨"）因爱德华七世⑤的房间而特别出名，向全巴黎敞开大门，托歇在这幢封闭的房子里足不出户地整整工作了一年。为了追求香农索城堡⑥的女主人，这个英俊的男人曾经让人庆祝威尼斯节日，节日里在水中摇晃的贡多拉是他从威尼斯小广场带来的。香农索城堡的继任主人艾米洛·特瑞，还记得他年轻时看见贡多拉在谢尔河的拱桥下腐烂。托谢说："我只在晚上作画，我把白天的威尼斯留给了

---

① 夏尔·托谢（Charles Toché,1851—1916），法国画家。
② 麦克马洪（MacMahon,1808—1893），法国政治家，曾任法国元帅和总统。
③ 格拉帕（Grappa）：意大利生产的烈性白酒。
④ 沙巴奈高等妓院（le Chabanais）：1878年到1946年位于巴黎的一家豪华妓院。
⑤ 爱德华七世（Edward VII,1841—1910），英国国王。
⑥ 香农索城堡（Chenonceaux）：著名法国城堡，位于鲁瓦河畔。

齐埃姆①!"说完之后,卷着鲁瓦贝式的大胡髭式的他便哼着一首像是克雷森蒂尼②的《树荫之爱》下楼去了。(就像歌手吉诺威塞唱巴尔扎克喜欢的歌《哆》。)

马里亚诺·福图尼③总是穿着轧花丝绒长袍出席风靡巴黎的波斯舞会,就像那些总督一样。他从画室出来时邀请我们去他母亲家,就在雷雅娜④租住的小宫殿对面。福图尼夫人用来招待我们的点心堪比帕马森干酪,她那铺满威尼斯花边的餐桌简直是一个名副其实的水果市场!压纹铜盘里装着桃子,与镀金且饰有饰带的面饼相间,面饼上还点缀着一种细糖,现在我已经想不起这种细糖的威尼斯名了。八年前,这里也接待过普鲁斯特。他曾经与福图尼有来往,后来他在《女囚》中写到了这位艺术家设计的很多长裙,这些长裙成了普鲁斯特传奇的一部分。

有时父亲会邀请他的某个学生从巴黎过来跟我们相聚,然后父亲会像在文艺复兴时期一样招待他们。这是勒科克·德·布瓦博德兰⑤的传统,是父亲从国立装饰艺术高等学院继承下来的。那里的校长办公室镶嵌着路易十五时期的细木护壁板,悬挂着凡·路⑥的肖像,他是国立皇家美术学院的第一位导师。这所学校由巴舍利耶⑦创建于 1765 年,并且受到蓬巴杜的保护。那些戴着单片眼镜,从不踏进美术学院校长办公室的工作人员已

---

① 菲利克斯·齐埃姆(Félix Ziem,1821—1911),法国画家。
② 克雷森蒂尼(G. Crescentini,1762—1846),意大利歌手。
③ 马里亚诺·福图尼(Mariano Fortuny,1871—1949),西班牙设计师。
④ 加布里埃尔·雷雅娜(Gabrielle Réjane,1856—1920),法国戏剧演员。
⑤ 勒科克·德·布瓦博德兰(Lecoq de Boisbaudran,1838—1912),法国化学家。
⑥ 路易·米歇尔·凡·路(Louis-Michel van Loo,1707—1771),法国画家。
⑦ 路易·巴舍利耶(Louis Bachelier,1870—1946),法国数学家。

经消失了,他们对荣誉无动于衷,精神独立,审美前卫,不把罗马大奖①和评委会奖章放在眼里,并且敌视法兰西研究院。对马拉盖码头②来说,勒科克是一个"被诅咒的大师",而装饰艺术高等学院是前卫且疯狂的人才的庇护所。布瓦博德兰的学生有雷阿诺、罗丹、莫奈、德加、方丹,父亲的学生有赛贡扎克、布里昂肖、奥杜和列巨勒。这就足以纪念布瓦博德兰和我父亲了。

父亲长得很像马拉美:他们都有一样高傲的侧脸和末端细长的胡子。他从不佩戴玫瑰花徽章和绶带,他重申道:"玫瑰,可以。玫瑰花徽章,不行!"然而,在他《日记》记载的一次晋升中,儒勒·列那尔却因为人们拿走他的十字勋章把它授给我父亲而感到气愤。父亲身上有一种有点自我保护式的礼貌,一种荒诞的谦逊,他窘迫而怀疑自我,只赞赏他人。他的一生就是在撕毁手稿和重新作画中度过的。马拉美曾经对他说过:"写作就已经是在白纸上涂抹黑色颜料。"于是父亲不再写作了。然而身为一所高等专科学校的校长,他最重要的一句话却是:"我终于可以学习了。"

不只是法国人,所有的欧洲人都在威尼斯的夸德里咖啡馆和花神咖啡馆度过他们最后的时光。弗朗斯瓦-约瑟夫如林中的一棵老树,在他的晚年将一切都掩埋在了这里。奥地利的爵爷们南下威尼斯,等待雄鹿发情,然后又重新北上前往他们在

---

① 罗马大奖(Prix de Rome):著名的法国国家艺术奖学金,由巴黎艺术院每年颁发给最优秀的学生去罗马法兰西学院公费学习四年的奖学金。

② 马拉盖码头(Quai Malaquais):塞纳河畔码头之一,国立高等美术学院所在地。

施泰尔马克州和蒂罗尔州①的十几个城堡。他们一身猎人打扮,头戴浅绿色兔头帽,身披罗登呢斗篷,留下了俄罗斯皮革和波若梅玉兰的气味。这种气味是拿破仑三世的香料师皮维尔所努力追寻的,皮维尔的孩子是我们的朋友。这些身着行装的奥地利人包括切尔宁、帕尔菲和菲斯特提克,他们为欧洲提供了最后一批爵位称号:在伦敦,有洛克塞瓦奇、霍华德沃顿、威斯敏斯特;在法国,有博沃、甘松;在意大利,弗罗里奥、维拉罗莎成了他们的保护主,他们努力向前人的懒散、优雅、魅力看齐。在行政官邸大楼里我们只能听到:"我来自波莫斯菲尔登②、卡普拉罗拉③、阿伦南堡④、诺尔⑤、斯杜比尼基宫⑥、豪斯登堡⑦、凯德尔斯顿⑧……"奥匈帝国不是一个民族,而是十个,它是欧洲之花。英国呢,自从四个世纪前上层贵族与煤炭商人的女儿通婚以来,它在奥地利的贵族谱系中都排不上第十位。俾斯麦的德国靠着发了财的伟大犹太人致富,意大利仍然在拉克夫斯基的阴影里颤抖。巴尔干人来到维也纳,为诺普瓦口中的"蓝色客厅"⑨受惠者"量取尺寸,他们心里只有奥地利。威尼斯生活在亚得里亚海的主人、奥地利劳伊德公司白色油轮的探

---

① 施泰尔马克州(Styrie)和蒂罗尔州(Tyrol):均为奥地利州名。
② 波莫斯菲尔登(Pommersfelden):德国城镇。
③ 卡普拉罗拉(Caprarola):意大利城镇。
④ 阿伦南堡(Arenenberg):瑞士城堡,因荷兰皇后 Hortense de Beauharnais 生前曾住在此处而闻名。
⑤ 诺尔(Knole):英国贵族庄园。
⑥ 斯杜比尼基宫(Stupinigi):位于意大利都灵的豪华狩猎宫殿。
⑦ 豪斯登堡(Huistenbosch):荷兰皇家宫殿。
⑧ 凯德尔斯顿(Kedelston):英国城市名。
⑨ 蓝色客厅(Salon bleu):指爱丽舍宫中的一个办公室。

照灯下。夜晚,当我们大步走在四四方方的圣马可广场上,我们重新唱起的是施特劳斯的歌曲。由于三国同盟以及意大利与维也纳和柏林的联盟,威尼斯几乎是他们的了。在坎波福尔米奥①,波拿巴不就不顾督政府的指示,第一个把威尼斯作为礼物送给奥地利吗?

1909 年

1909 年秋天,我离开了威尼斯,心中满是愤怒。我把一本 18 世纪的旅行指南带到了部队,那是豪杰萨何②的《意大利趣事》,书中灰黑色的插图展现了一副近乎荒凉的威尼斯画面。在这个荒凉的角落,某些罕见的面具表明等级。即便我身处奥恩河③河口的战火当中,我想念的也只有布伦塔河④的河口。

参加几场战役后,我躲进了昂格内希街⑤的一家旧旅馆中。我已经在那租下了一间士兵房,开始写一部威尼斯戏剧,狄德罗《致苏菲·沃朗的信》启发了我:威尼斯议员不得与外国代表团经常来往,违者将被处死。一个无计可施的多情议员只好穿过法国大使所在的饭店与情人相聚。但是他被人发现并告发,

---

① 坎波福尔米奥(Campo Formio):意大利小村庄,1797 年拿破仑在此地与奥地利签订协议,将威尼斯割让给后者。
② 亚历山大·德·豪杰萨何(Alexandre de Rogissart,? —1706),荷兰作家。
③ 奥恩河(Orne):位于法国西北部的诺曼底。
④ 布伦塔河(Brenta):意大利境内河流名。
⑤ 昂格内希街(Engannerie):位于法国卡昂的一条街道。

男主人公宁可被砍头也不招认这个风流的秘密。浪漫主义并没有死去……

我在床上挂了一幅最早的世界地图，那是弗拉·毛罗①于1457年绘制的地球平面球形图的复制品，还挂了雅各布·德巴尔巴里②在1500年绘制的威尼斯平面图。我的心已留在了威尼斯，我羡慕我牛津的同伴，他们可以重返威尼斯，我却不行。与我的境遇相比，英吉利海峡使得他们免于我所受的两年兵役。一场欧洲之战难道不是无法想象的吗？所有的精神活动都使我从兵营游移到边境之外。集合之后，我在营房的宿舍里借着扎在刺刀上的蜡烛发出的微光阅读《泰晤士报》或是《艾克曼与歌德的谈话录》。不久前，我作为临时人员被派到卡昂③的图书馆，我扑向那些在意大利旅行过的人们的作品。我有了惊奇的发现，在我年轻的时候，没有人可以轻易地得到优秀的作品，我们必须去发现它们并且让自己配得上这些作品。那时候不二价超市④的日历上不会列出待售的卡巴乔⑤的画，如果您喜欢乔尔乔内⑥或者克里韦利⑦，那将会把您引入众多隐秘的小圈子。安托内罗·达·梅西那⑧则代表着某种糟糕的场所，内部人士彼此传递着地址。

---

① 弗拉·毛罗(Fra Mauro，约1385—1460)，意大利天主教修士、地图学家。
② 雅各布·德巴尔巴里(Jacobo de Barbari，1440—1516)，威尼斯画家。
③ 卡昂(Caen)：法国北部城市。
④ 不二价超市(Uni-prix)：法国大型连锁超市。
⑤ 维托雷·卡巴乔(Vittore Carpaccio，1460—1526)，意大利画家。
⑥ 乔尔乔内(Giorgione，1477—1510)，意大利画家。
⑦ 卡罗·克里韦利(Carlo Crivelli，1435—1495)，意大利画家。
⑧ 安托内罗·达·梅西那(Antonello de Messina，约1430—1479)，意大利画家。

我并没有勇敢地接受我这个年纪的人普遍的命运,而是对苦役生活置之不理。为了不必服从军号的召唤,我在黎明时分便翻墙出门,离开军营。军鼓一敲就起床,军哨一吹就停住,对我而言就像马鞭抽打在身躯上一般。

有点儿耐心吧,令人讨厌的年轻男人也会改变,只是不会马上改变而已,只有到他生命的最后,他才会去上学。在一个时代降临的方式比不上摆脱这个时代的方式。生命是一项缓慢的工作,一项可以分为两部分的活动,机遇和自我;产生创作的时机就在这里。

在此期间,我就像年轻的佛陀,在 30 岁前家人一直向他隐瞒死亡的存在。

我是个老先生,有点儿像马德拉红酒①那样被氧化了,但我很乐意如此。

卡昂,1910 年

在省政府的档案室,雅盖少校让我抄写 1792 年卡尔瓦多斯省②志愿兵名单。在这些文件中,我没有写上法贝尔、杜巴提、德布劳斯、拉朗德、阿姆洛·德拉豪塞伊等人的名字,总之就是所有爱好威尼斯的人。我用笺头印着"卡尔瓦多斯省议会"的

---

① 马德拉红酒:出产于大西洋马德拉岛的红酒,在制作过程中特意氧化并加热,从而产生美妙的酒质。
② 卡尔瓦多斯省(Calvados):位于法国北部,省会为卡昂。

信纸给朋友们写了几封信。下面便是其中的一封，这是我后来找到的，您看了就会明白威尼斯对我来说一直有多么重要：

财政区档案室

卡昂

176…10月27号，星期四

神甫，您从维琴察①寄来的明信片我已收到，看来您已经快到威尼斯了。我看了一眼这个诺曼底海军通讯员交给我的信封，当我看到他佩戴的共和国徽章时，我知道您的旅程终于结束了。您是直接从帕多瓦乘驳船过去的，还是已经在布伦塔河上逗留过并且去拜访过朋友了呢？我担心您在检疫站会遇到不愉快，因为帕尔玛公国和伦巴第出现了霍乱，我发现这并无大碍。您的那群猎犬是在斯肯把利尼家吧？那您自己呢？

神甫，那两个佛罗伦萨淑女不在，恐怕您会无聊死的。去年的时候，我们不是经常抚摸她们，亲吻她们吗？

您知道吗，有人发现莎士比亚的作品中有五十一处提到威尼斯，难道他真的从来没有离开过英国吗？至少H. F. 布朗②在他去年在莫瑞出版社出版的《威尼斯历史研究》里是这样断言的。

---

① 维琴察（Vicence）：和下文的帕多瓦（Padoue）同为意大利城市。
② 霍瑞修·罗伯特·福布斯-布朗（Horatio Robert Forbes Brown，1854—1926），苏格兰历史学家，专门从事威尼斯和意大利历史研究，《威尼斯历史研究》为其最重要的著作。

塞娅向您问好,我们经常在一起观摩阿雷蒂诺、孟子、查尔特勒修会的一品修士的姿态:

用手一样唤醒欲望。

在穆拉诺岛,有奥尔准耶托风情的隐秘赌场。

我羡慕您的旅行:您的旅程上有穆拉诺岛隐秘的赌场奥尔维耶托,有粉扑香胸的修女,还有一张米洛德·库克银行的汇票,在威尼斯没有一丁点儿让人伤心的念头。

再见神甫,我真想卖掉军中的职位与您相会在旅程的下一站。

附言:您喜欢我做的马提亚尔①风格的讽刺短诗吗?那是关于塞娅的,其实她对我一点也不忠诚。

Candidior farina cuits
Communior mola corpus
"你的皮肤比粉更白
你的身体平过石磨"

这是拉丁语吗?

(1990 年底)

下面是另外一封信,仍然是艾斯科里耶②风格的:

---

① 马提亚尔(Martial,约 40—约 104),古罗马诗人。
② 雷蒙·艾斯科里耶(Raymond Escholier,1882—1971),法国记者、小说家和批评家。

档案室

卡昂

1910年11月3号　星期四

我亲爱的朋友，

您确实是法国教士和教皇绝对权利主义者的光荣。加里安尼教士都为您倾倒，他有了个师父呢！您从不尖刻、牢骚满腹、下流，即便提到"戴着变质圣牌"的教廷大使的情人时，您也从不猥琐。摩洛希尼能够感觉到您发出的信号吗？您用望远镜怎么会看不见她呢，昆斯伯里爵士不就通过皮卡迪利街上的窗口看到了吗？

这些日子我读了许多书：《阿米尔的日记》①、罗多卡纳奇②的《文艺复兴时代的意大利女人》、《小普林尼③书信》、1599年版装帧精美的《寻爱绮梦》④、帕拉汀公主⑤的《回忆录》、蒙兹⑥的《达·芬奇》，等等。据说，亨利·博尔多⑦的《毛呢长袍》非常不错，其主题甚至让人联想到《包法利夫人》。

---

① 《阿米尔的日记》：瑞士作家、哲学家亨利-费德里克·阿米尔（Henri-Frédéric Amiel，1821—1881）的著作。
② 伊曼纽尔·罗多卡纳基（Emmanuel Rodocanachi，1859—1934），法国作家、历史学家。
③ 小普林尼（Pline le Jeune，61—114），罗马作家、政治家。
④ 《寻爱绮梦》(Le Songe de Polyphile)：作者不详，第一版印刷于文艺复兴期间，被认为是最精美的书籍之一，对园艺、建筑和文学都有重要影响。
⑤ 帕拉汀公主：原名 Anne Marie de Gonzague de Clèves，1616—1684。
⑥ 尤金·蒙兹（Eugène Müntz，1845—1902），法国艺术史专家。
⑦ 亨利·博尔多（Henry Bordeaux，1870—1963），法国作家、律师。

1911 年 6 月 21 号　星期三

另外一封信,写于卡昂第三十六号步兵队,其中有一句孩子气的呐喊:"我的自由啊!该死!我思念全世界,我想念所有的国度!"

1911 年

那一年,能让我重温威尼斯的只有出名的巴黎春季洪灾。休假时,我将船从圣日耳曼德佩区经由大学街划到了战神广场。

大师科沃①

就在我离开威尼斯的时候,最古怪的英国人,科沃,刚刚在威尼斯上岸了。然而我是在 40 年后才注意到这个人的存在的。

---

① 科沃男爵(Baron Corvo,1860—1913),是弗雷德里克·威廉·罗尔夫(Frederick William Rolfe)的笔名,英国小说家,同时也是一个出名的怪人。

唉，我可能错过了当时最怪诞的英国人，T. E. 劳伦斯①和科沃。1917年，在一块还未被土耳其占领的圣地上，法国高级专员乔治·比克，曾经提出让我陪同他前往耶路撒冷。我原本可以因此而在劳伦斯上校身边待上一年多的，但是我却拒绝了这个职位。

没有结识罗尔夫，即"科沃男爵"，同样让我感到遗憾，1909年夏天我和他都在威尼斯。为科沃作墓志铭的诗人尚恩·莱斯利②，我跟他保持着友好的关系，原本可以让我们结识的。"科沃"为什么是"绝无仅有的"？是因为他的浪漫主义性格吗？罗尔夫一直喜爱徽章，当他还在神学院上学的时候，就为自己制作了一些徽章并且构想专属旗帜。他走进食堂时，肩上立着一只被制成标本的乌鸦。科沃，他是莱昂·布洛伊③、热内④、马克斯·雅各布⑤和莫里斯·萨奇⑥的混合体。他一生孤独而贫穷，生性善变、古怪、好辩、凶恶、放荡又爱记仇，然而他对各项艺术都极具天赋。他跟所有朋友闹翻，他是个占卜师，醉心于教会历史和文艺复兴。他没有圣职，却热衷于所有天主教盛况。他被所有同事所排斥，教士职位轮不到他，沙龙和庇护所

---

① 托马斯·爱德华·劳伦斯（Thomas Edward Lawrence，1888—1935），英国军人作家。
② 尚恩·莱斯利（Shane Leslie，1885—1971），英国作家。
③ 莱昂·布洛伊（Léon Bloy，1846—1917），法国作家。
④ 让·热内（Jean Genet，1910—1986），法国作家。
⑤ 马克斯·雅各布（Max Jacob，1876—1944），法国作家、画家。
⑥ 莫里斯·萨奇（Maurice Sachs，1906—1945），法国作家。

也不欢迎他。他欺骗成性,沃恩主教①和修·本森②都曾上他的当。这些英国天主教的权贵,先是被科沃所吸引,但很快就对他感到厌烦。

科沃死后,A. J. A. 西蒙斯③对所有认识科沃的人进行了调查,从而在他著名的《探索科沃》中为我们讲述了科沃从神学院到威尼斯的一生。在这个没有树木的城市,大师科沃没有找到落脚的地方。1909年夏天,他住在美景酒店,由他的朋友道金斯④教授支付费用。

作为"布森陶尔航海俱乐部"的成员,科沃甚至学过驾驶贡多拉。这是一项难度极高的活儿,我只见过一位女士驾船技术高超,她就是波里尼亚克的云娜丽达⑤。如果没有掌控好铁皮船首,就可能像德·布罗斯议长所说的那样将头"像萝卜一样"砍下来,或是在桥下劈开船夫的脑袋。科沃掉进水里时,他会继续抽着他的烟斗,就像拜伦在大运河上仰浮时,嘴里还叼着雪茄,(拜伦说)那是为了"不错过天上的星星"。贴身男仆抱着主人的衣服,在贡多拉上跟着。

科沃创作了引人入胜的《哈德里安七世》,此书出版于1904年,但直到战后才获得成功,在此之前曾在舞台上重演。他与

---

① 赫伯特·沃恩(Herbert Vaughan,1832—1903),英国威斯敏斯特大主教。
② 罗伯特·修·本森(Robert Hugh Benson,1871—1914),英国作家同时也是教会牧师。
③ A. J. A. 西蒙斯(Alphonse James Albert Symons,1900—1941),英国作家、目录学家。
④ 理查德·道金斯(Richard Dawkins,1941—),英国演化生物学家、动物行为学家和科普作家。
⑤ 云娜丽达·胜家(Winnaretta Singer,1865—1943),美国裁缝大王伊萨克·辛格之女,后嫁给法国的波利内王子。

威尼斯的邂逅，为我们留下了一封美妙的信，一封堪与《忏悔录》的篇章相媲美的信：泻湖上的不眠之夜。科沃在这里的星空下，在两名贡多拉船夫的相伴下，在他们的桨柄上幻想："黄昏的世界，没有云彩的天空，没有涟漪的大海，到处都是锦葵、薰衣草、天芥草，一切都是温和的、流动的、清澈的，被镶嵌着祖母绿的青铜带子隔开，与三色孔雀眼中深邃的蓝色交融在一起。"

这完全是莎士比亚第三十三首十四行诗中的诗句：

用神圣的炼金术为白浪镶金

夏多布里昂写过"没有人能习得贡多拉船夫的习惯"，这句话就是为科沃写的，就像他所表现的那样。他报复曾阻挡他圣职之路的人，他拒绝荣华富贵却又对之充满渴望，他想象自己坐在罗马教皇的宝座上，任由他唾弃这个黑暗的世界。我们仿佛看到科沃被所有的旅馆驱逐，带着他放在小船底部的洗衣篮中的旧衣服，敲遍每一扇门。他总是处在自杀的边缘，在严寒的冬天，他在与水面齐平的地方，在一个巨大的本子上撰写他那著名的《致米拉的信》，这些信，永远都不会有人看到。我们仿佛看见科沃为英殖民地作慈善，而后者却以他为耻。冬天让科沃失去了支持他的英国富人们，原本他会送给他们一些小流浪汉。这些小流浪汉在离开他之前对他崇敬有加，前呼后拥。

科沃是最早的嬉皮士,他睡在丽都岛①,躺在沙滩上,无力对抗老鼠和螃蟹的袭击……

1913—1970 年
小威尼斯

在伦敦,我只有在帕丁顿车站以北的那块地区才能重温威尼斯。那时候它还没有像现在②这么受欢迎,艺术家们把这个地区称为"小威尼斯"。埃奇韦尔路起于大理石拱门,止于梅达谷,绵延七公里,穿过连接泰晤士河和伯明翰的大联盟运河。过去这里是乡村,著名的西登斯夫人③便是长眠在这个远离舞台的地方,荷加斯④的婚礼在圣玛丽教堂举行,而勃朗宁夫妇是在这棵树下订的婚。纳什⑤拓展了摄政公园,拿破仑战争结束时,为了向乔治四世至高无上的荣耀致意,纳什设计了这座公园和其中的新古典主义贵族宅邸。纳什是新运河的提倡者,他在运河边上栽种树木,其间点缀着几座精美的有着黑色窗框的乳白色教堂。这些建筑位于站台附近,却没有被炮弹和十字镐毁坏。

---

① 丽都岛(Lido):位于威尼斯东部。
② 现在指 1970 年。——原注
③ 萨拉·西登斯(Sarah Siddons,1755—1831),英国悲剧女演员。
④ 威廉·荷加斯(William Hogarth,1697—1764),英国著名画家,艺术理论家。
⑤ 约翰·纳什(John Nash,1752—1835),英国建筑师,为乔治四世所喜爱。

我经常去布隆菲尔德路的百年梧桐树下乘凉，树荫下停着几艘已不多见的驳船。没有人会到这么远的地方去。

今天，小帆船、驳船（其中有一艘叫"杰森"的驳船，载着动物园的孩子到处游玩）和河上的快艇伴着一群海鸥，在柳树下一字排开。人们甚至可以看到那里停泊着一艘布钦多洛船①，船上的画廊摇摇晃晃。游泳爱好者来到这里，夏天就睡在船上。他们到卡纳莱托饭店或是亚得里亚酒馆寻找食物，那里的老妇人为露营者提供外带的中国菜。寂静压垮了水面，舒适的空气已与伦敦市区截然不同。一个半世纪前，水上巴士在泰晤士河的莱姆豪斯水道上来来往往，现在它们已经不再从暗绿色的砖砌船闸经过了。小威尼斯是伦敦仅剩的几个隐秘角落之一，它安抚了那些想要急切飞往威尼斯的人②。

1914 年

虽然我生为法国人，身在英国，却还是将自己想象成威尼斯人。在伦敦，保罗·康邦③羡慕我大使馆窗户上橙黑相间的帘门，据说它们是巴克斯特④绘制的。保罗·康邦叹息道："这是一个崇尚立体派画法的专员的构思。"

---

① 布钦多洛船（Bucintoro）：威尼斯的一种豪华轮船，船身金色，带有雕刻。
② 与巴黎相反，在伦敦，全年都有直接飞往威尼斯的航班。——原注
③ 保罗·康邦（Paul Cambon，1843—1924），法国外交官。
④ 莱昂·巴克斯特（Léon Bakst，1866—1924），俄罗斯画家。

我又找到了一封写于一战前夕，1914年7月11日，从伦敦寄给我母亲的信：

"昨晚我们举办了一场效果极佳的隆吉晚会，是在一位C太太家中举行的。之前我们已经在位于市中心的屋顶平台上修了一个小湖，贡多拉在水中游荡。精巧的日本彩灯悬挂在湖边，像是一个个发光的大橘子。一座同是橘黄色的驴背桥横跨湖面，这桥奇形怪状，真是座名副其实的横滨版里亚尔托桥①，大概是被某个马可·波罗一样的人带回来的。餐厅是威尼斯的洛可可风格，由 J. M. 赛特②绘制，是不久前佳吉列夫③在考文特花园④展示的约瑟夫芭蕾舞剧金银装饰的风格。马蹄铁制的百人大餐桌；每个客人面前都放着一个银餐盘，点着一支蜡烛。长满羽毛的野鸡和孔雀，好似婚礼蛋糕。桌上铺着金线桌布，中间是一块白色熊皮毯，埃及舞女和手技演员在上面展示技艺。仆人身穿白色大领饰的暗色紧身衣。每个人都戴着包塔面具⑤，身着隆吉风衣，假面具和三角帽是必不可少的。我则穿了一件埃斯科拉丰人⑥码头上土耳其人穿的卡弗坦长

---

① 里亚尔托桥（Rialto）：威尼斯三座横跨大运河的桥梁之一，也是其中最古老的一座。
② 荷西·马利亚·赛特（José Maria Sert，1874—1945），西班牙画家。
③ 谢尔盖·佳吉列夫（Sergei Diaghilev，1872—1929），俄罗斯芭蕾舞家。
④ 考文特花园（Covent Garden）：位于伦敦。
⑤ 包塔面具（Bauta）：威尼斯的传统面具。
⑥ 埃斯科拉丰人（Esclavons）：是埃斯科拉文尼地区的居民的名称，也就是现在的斯洛沃尼亚地区。

袍。梅尔男爵①（我们这个时代最出色的摄影师）穿了一身饰有黄金箔片的路易十五样式服装，戴着银白色假发和一个黑色威尼斯花边的包塔面具。这是我第一次在伦敦见到如此大胆和奢华的私人场景。我们这群人，正处在真实世界的边缘。"

我曾在1902年和1903年探索伦敦，布尔战争②后，那些最后遣散的部队陆续从南非撤回。老天作证，多么高尚地征服世界！

既然我飘荡的思绪又一次将我带到伦敦，我将穿越时间和空间绕远而行，而且那时候伦敦就是全世界的威尼斯呢。画着广告的小公共马车一辆接一辆，络绎不绝，人们甚至在雨中爬上马车顶层，腿上裹着马鞍座毯，再加上打了黑蜡的苦布作里衬。出租车司机，双轮马车车夫，这些迪斯雷利③口中"伦敦的贡多拉们"，他们灰黄外套的扣眼上扣着显眼的珍珠纽扣。人们告诉我，在陪伴女士时，应该用左手扶她登上马车的高踏板，同时右手要放在女士的裙子和马车的高车轮之间以挡住污泥。马儿奔腾起来，比一艘贡多拉的船首还要轻，相信马的前驱再也不会碰到碎石路面了。莱斯特广场④是当时音乐厅的中心，

---

① 阿道夫·德·梅尔（Adolf de Meyer, 1868—1946），德国摄影师。
② 布尔战争（Guerre des Boers）：英国人和南非布尔人之间为了争夺南非殖民地而展开的战争。
③ 本杰明·迪斯雷利（Benjamin Disraeli, 1804—1881），英国小说家、政治家，曾两次出任英国首相。
④ 莱斯特广场（Leicester）：位于伦敦市中心。

这个堕落的地方至少有 15 年被禁止对外开放。贵妇们不会去酒吧,那是清洁女工、流动商贩才能去的地方,夜晚降临时,年轻姑娘们也会去那些地方。考文特花园的周边是摆成金字塔状的蔬菜和水果,一直延伸到歌剧院,那里的花商们向身穿礼服的男士推荐栀子花领饰,就像《皮革马利翁》①中那样。潮湿的人行道上,蓬头垢面的行吟诗人在弹奏一种新式乐器,班卓琴。人们会以为正置身于里亚尔托附近的土耳其仓库呢。

人们带我去特里鲁街②看哑剧,这是伦敦的夏特莱剧院③,或是去杜莎夫人蜡像馆的鬼屋,这座英国的格雷万蜡像馆,又或是去当时的罗贝尔·乌丹剧院,也就是马斯基林剧院。这是伟大的爱德华七世演员时代,当时有十几个出色的演员,包括欧文、比尔博姆·特里(父亲曾为特里写过一个有社会主义倾向的剧本,讲述一个发生在西西里岛硫磺矿中的故事,但是特里一直没有出演过这个剧本)、查尔斯·威德汉姆、乔治·亚历山大。弗兰克·哈里斯④向我讲述了他最后一次拜访莫泊桑的情形,莫泊桑当时已是布朗什医生⑤的病人,成了一个手脚并用在地上爬的野兽。这些先生们都戴着闪闪发光的八影大礼帽,身着礼服,晚上从不打黑色领带,但礼服搭配的衬衣却是黑色的而不是白色,每个人都戴着从特拉法加广场附近的吉巴斯帽店买来的折叠式高顶大礼帽。

---

① 《皮革马利翁》(Pygmalion):又名《卖花女》,爱尔兰剧作家萧伯纳的戏剧。
② 特里鲁街(Drury Lane):位于伦敦,有皇家剧院。
③ 夏特莱剧院(Chatelet):位于巴黎夏特莱区。
④ 弗兰克·哈里斯(Frank Harris,1856—1931),英国演员,出版商,记者。
⑤ 西尔维斯特·布朗什(Sylvestre Blanche,1796—1852),法国精神病专家。

在伦敦城人们经常说德语,英国的巨额财富是在东方国家和南非积累的,是从俄罗斯的原油中获得的。也是在一百年前从西班牙人手中夺得的南美洲上积累起来的,这个无尽的财富之源一直持续到 1914 年,就像威尼斯的财富之源一直持续到克里斯托夫·哥伦布。

那是吉卜林①的统治时期,是威尔斯②科幻小说的时代。奥斯卡·王尔德的身影刚刚消失在伯灵顿拱廊商场,一颗绿色扣眼藏在灰色礼服背面,胸膛露在衬衣外。父亲曾为他送葬,一直送到巴尼奥公墓③。奥斯卡·王尔德生前最喜欢的地方是皇家咖啡馆,那是伦敦的花神咖啡馆,这家咖啡馆起初是法国公社运动逃难者的聚集地,现在则是以依西多尔·德·拉拉为首的意大利伟大歌唱家的天下:这些歌唱家包括泰特拉齐尼④、梅尔巴⑤、卡鲁索⑥等。《时报》翻译并连载了《巴什克维尔的猎犬》,夏洛克·福尔摩斯因此开始出现在人们眼中。世上最强壮的人是山道⑦,摄政街和皮卡迪利大街都有他展示水肿般上半身的广告。火车站贴满了斯蒂芬氏墨水广告,上面泼溅着大

---

① 鲁德亚德·吉卜林(Rudyard Kipling,1865—1936),英国小说家、诗人、短篇作家。

② 乔治·威尔斯(George Wells,1866—1946),英国小说家、新闻记者、政治家、社会学家和历史学家。

③ 巴纽(Bagneux)公墓:位于巴黎。

④ 路易莎·泰特拉齐尼(Luisa Tetrazzini,1871—1940),意大利女高音歌唱家。

⑤ 奈丽·梅尔巴(Nellie Melba,1861—1931),澳大利亚女歌唱家,长期在欧洲活动。

⑥ 恩里科·卡鲁索(Enrico Caruso,1873—1921),意大利男高音歌唱家。

⑦ 尤金·山道(Eugen Sandow,1867—1925),普鲁士人,现代健美之父。

片大片的蓝色墨水,这已是抽象派绘画的预兆。新里兹旁边的德文郡之家当时还是伦敦市中心一座砖砌的城堡。双人自行车与亨利赛艇会争鸣。吉尔伯特①和萨利文②的轻歌剧《艺妓》和《日本天皇》在萨沃伊剧院大获成功。由乔治·摩尔③和雅克·埃米尔·布兰奇④赞助的席格⑤和英国移民画家们从迪耶普⑥归来,萨金特⑦和拉茨洛是伟大的爱德华七世和罗斯福的插图画家。有十到十五年的时间,洛蒂⑧、布尔热⑨和莫泊桑是巴黎摩纳哥爱丽丝公主府和布鲁克夫人,也就是砂拉越王妃家的常客,父亲也曾将我介绍到这些地方。1908到1916年这另外八年时间里,我是伦敦和阿斯科特⑩的常客。在这些地方的餐桌上,膳食总管毕恭毕敬地站在女主人身后,只为她一人效劳。每个客人身后都有一个仆人,头上戴着扑了白垩粉的假发。爱丽丝公主号游艇不时会从马德拉群岛⑪或是摩纳哥开到圣马可广场前,那上面也是同样的场景;女管家从头到脚一身黑,领头女仆戴着帽子和短面纱,私人仆从穿着束腰上衣,厨房的姑娘

---

① 威廉·施文克·吉尔伯特(William Schwenck Gilbert, 1836—1911),英国剧作家、文学家、诗人。
② 阿瑟·西摩尔·萨利文(Arthur Seymour Sullivan, 1842—1900),英国作曲家。萨利文与吉尔伯特合作了十四部喜剧。
③ 乔治·摩尔(George Moore, 1852—1933),爱尔兰小说家、诗人、批评家。
④ 雅克·埃米尔·布兰奇(Jacques-Émile Blanche, 1861—1942),法国画家。
⑤ 华特·席格(Walter Sickert, 1860—1942),一位拥有荷兰和丹麦血统,却在德国出生,在英国发展的画家。
⑥ 迪耶普(Dieppe):法国城市。
⑦ 约翰·辛格·萨金特(John Singer Sargent, 1856—1925),美国画家。
⑧ 皮埃尔·洛蒂(Pierre Loti, 1850—1923),法国作家。
⑨ 保罗·布尔热(Paul Bourget, 1852—1935),法国作家。
⑩ 阿斯科特(Ascot):英国城市。
⑪ 马德拉群岛(Madère):位于大西洋,属葡萄牙所有。

围着围裙,在客厅干活的女佣戴着饰有花边的无边软帽,贴身侍女身穿黑色丝质衣服,洗衣女工穿着白布衣,就像汉弗雷·沃德夫人①的小说中所描写的那样。这是萨沃伊和卡尔顿一带烧烤店中的交谈者、诉说者和善于寻欢作乐者的时代。

在伦敦绕了个弯后,让我们重返威尼斯吧。

1913 年

威尼斯已成为欧洲最耀眼的城市,像是俄罗斯芭蕾舞的夏季延伸,这两者都起源于东方。在威尼斯,佳吉列夫任由自己为芭蕾舞而煎熬,勉强维持他心爱的芭蕾舞剧。芭蕾舞剧随时待命以期令他摆脱令人绝望的财政状况,晚上八点他总是不能确定一个小时后演出能否拉开帷幕。多少次我听到他那些富有的仰慕者起身离开餐桌说道:"谢尔盖给我打电话了,今晚不能演出了,没人买票。"在伦敦卡文迪什广场,我看见比彻姆交响乐团的指挥,未来的托马斯男爵②,急急忙忙赶往父亲约瑟夫爵士家,然后从父亲那里拿回经费。爱莫瑞德③因为害怕而离开了比彻姆。

帕洛瓦舞蹈学校开设了一堂舞蹈课。米歇尔大公爵周日

---

① 汉弗莱·沃德夫人(Mrs. Humphry Ward,1851—1920),英国女小说家。
② 托马斯·比彻姆(Thomas Beecham,1897—1961),英国指挥家。
③ 爱莫瑞德(Emerald,1872—1948),原名 Maud Alice Burke,伦敦上流社会女子,曾与托马斯·比彻姆长期交往。

在牛津凯伍德招待俄罗斯青年并且教他们舞蹈,尤苏波夫①和欧伯伦斯基②都在其中。

1913 年

我只能通过其他人来展现威尼斯了。

一到 10 月,我的伦敦舞蹈家们就回到了英国。能够在圣马可广场上接近尼金斯基③和福金④令她们欣喜若狂,她们已经直呼他们的名字了。她们在威尼斯疯狂购物,带回了丰富的战利品。这些强盗,她们买光了美彻丽雅⑤最后的金色石榴图案天鹅绒,橱窗里所有的绿色发胶和玻璃制品。我还想念着她们,就像想念年轻的姑娘们,却忘了我的舞蹈家们已经是或者很快就是八十老妪:其中一个死于挥霍的生活,她太脆弱,无法承受超现实主义的酒精和英俊的黑人。这是最纯洁也是最糟糕的生命。最漂亮的那个,她经历了一切,她在舞台上和社交上获得了成功,她经历了辉煌的历史性时刻,她肩负了最引人注目的使命。岁月似乎在这座雕像的大理石上磕碎了牙……第三个女孩长期生活在盛大如篝火的欢愉中,后来她拿起了笔杆,

---

① 费利克斯·尤苏波夫(Felix Yusoupoff,1887—1967),俄国王子。
② 谢尔盖·欧伯伦斯基(Serge Obolensky,1890—1978),俄国王子。
③ 瓦斯拉夫·尼金斯基(Vaslav Nijinsky,1890—1950),波兰裔俄罗斯芭蕾舞者、编舞家。
④ 米歇尔·福金(Michel Fokine,1880—1942),俄罗斯芭蕾编导、演员、芭蕾革新家。
⑤ 美彻丽雅(Merceria):威尼斯街道。

现在还在写她的回忆录。第四个女孩是最可怜的,眼看着青春将逝,她用最后几个几尼①租下一件晚礼服。她将在这个晚会上认识一个来自南非的商业大王,他将娶她为妻并且让她幸福。

1914 年

在威尼斯,我年轻时的那一小群法国人形成了一个文学圈。当我们在圣马可广场上看见亨利·德·雷尼耶②时,我们会说"这是穆菲尔德沙龙"。我有好几本雷尼耶亲笔题词送给我父亲的书,我着迷于他的《水城》,我欣赏他的《威尼斯素描》,我没有料到几年后亨利·德·雷尼耶会将我的第一部短篇小说带到水星出版社。他住在达奥里宫③我们的一个同胞家中,他高傲的身影后出现了埃德蒙·雅卢④、沃杜瓦耶⑤、夏尔·杜勃⑥、阿贝尔·柏纳尔⑦、埃米勒·恩里欧⑧、朱利安兄弟和费尔南·奥谢⑨,朱利安兄弟和费尔南·奥谢曾将他们母亲的木棺

---

① 几尼:英国旧金币,合 21 先令。
② 亨利·德·雷尼耶(Henri de Régnier,1864—1936),法国诗人。
③ 达里奥(Dalio):位于威尼斯。
④ 埃德蒙·雅卢(Edmond Jaloux,1878—1949),法国作家。
⑤ 让·路易·沃杜瓦耶(Jean—Louis Vaudoyer,1883—1963),法国作家。
⑥ 夏尔·杜勃(Charles Du Bos,1882—1939),法国作家、文学批评家。
⑦ 阿贝尔·柏纳尔(Abel Bonnard,1883—1968),法国作家、政治家。
⑧ 埃米勒·恩里欧(Emile Henriot,1885—1961),法国作家。
⑨ 费尔南·奥谢(Fernand Ochsé,1879—1945),法国作曲家。

放置在巴黎讷伊①(科克托②确认了此事)一个第二帝国时期的餐厅中。我发现他们长得像一家人,人们想象着他们在某座拱形里亚尔托桥上跳着法兰多拉舞,这座桥用涂过沥青的木头建成,就像《真实十字架的圣迹》这幅画中的一样。一座连接巴黎和威尼斯的桥梁,将他们从凤凰剧院引向香榭丽舍剧院,后者刚刚在前一天由阿斯特吕克③举行了落成仪式。我将除我之外的这些人称为"长胡子们",放大镜下,我们可以在韦森盖托里克斯脸上拔下几缕胡子,从巴尔贝·多尔维利④脸上拔下几根,从福楼拜的男孩子脸上拔下两三根,最后一根是从圣马可广场的狮子上拔下的。对于这些讲究的人,威尼斯就是他们的麦加城。雅卢带来了一口马赛口音,马尔桑带来了他的雪茄,米奥芒德⑤带来了他在舞蹈方面的丰富知识,亨利·贡斯带来了他粗略的知识,而亨利·德·雷尼耶,则是他如秋后落尽叶子的白杨树般的身型。(他是个高雅的人,用幽默来守护爱情,他的曲线相互对照,形成反拱的三角形,就像是在镀金的木板里或是威尼斯洛可可式的灰墁中。)

所有人都再次集结在他们的导师亨利·德·雷尼耶关于战争的著名呐喊下:"生活让人堕落",他们追逐着一个沃波尔

---

① 讷伊(Neuilly):巴黎郊区地带。
② 让·科克托(Jean Cocteau,1889—1963),法国诗人。
③ 加布里埃·阿斯特吕克(Gabriel Astruc,1864—1938),法国剧院经理、剧作家和出版商。
④ 巴尔贝·多尔维利(Barbey d'Aurevilly,1808—1889),法国作家。
⑤ 佛朗西斯·德·米奥芒德(Francis de Miomandre,1880—1959),法国作家。

式①、拜伦式、拜克福德②式的梦想。他们是醒悟阵线的王子,具有一种严厉的温和,书写着里瓦罗尔③式的文字。他们易于厌倦也易于被激怒,具有骑士风度,所有生活所不能给予的都令他们恼怒。这些人相聚在花神咖啡馆一幅玻璃覆盖的画前,就像他们说的"在中国人里面"。他们收集"小玩意儿",这个词现在已经没有意义了,像喷漆文具盒、雕花镜子或是玉石手杖。

为了买到上好的威尼斯花边、祭披或是圣带,他们互相介绍好去处。雅卢把他的文学奖金花在了这上面,唯一富有的贡斯④,买下了据说原是杜布瓦主教⑤的壁橱。为了不使漆裂开,贡斯宁可裹着皮袄冻得直往手里哈气也不在他蒙梭平原⑥的工作室里生火。

比较年长的都穿着黑色衣服,只有让·路易·沃杜瓦耶敢穿英格兰布制的衣服。

他们对自己的威尼斯了如指掌。

"我还熟知钟楼还未倒塌时的圣马可广场,"德尼耶说道:"您知道吗,在 9 点 55 分钟楼倒塌的时候,我的贡多拉船夫说了这么一句精彩的话,'这钟楼倒下去的时候没伤到人,这家伙优雅地倒下去了,真像个绅士'。"

沃杜瓦耶接着说道:"而且最优雅的是,它是在 7 月 14 号那

---

① 霍勒斯·沃波尔(Horace Walpole,1717—1797),英国作家。
② 威廉·拜克福德(William Beckford,1760—1844),英国作家。
③ 安东尼奥·德·里瓦罗尔(Antoine de Rivarol,1753—1801),法国政论家、新闻记者及诗人。
④ 亨利·贡斯(Henri Gonse,1874—1946),法国画家。
⑤ 纪尧姆·杜布瓦(Guillaume Dubois,1656—1723),法国政治家、枢机主教。
⑥ 蒙梭(Monceau)平原:即巴黎第十七街区。

天倒下的,是在向巴士底狱致敬。"

大概英国人从未像这些法国人热爱威尼斯一样热爱过佛罗伦萨,德国人也从未像他们一样如此喜爱过罗马。如果说普鲁斯特曾经对威尼斯魂牵梦萦,他们则在威尼斯生活过,重温过它的荣耀和没落。

"在加里曼尼宫……"塔格里奥尼的孙子吉尔贝·德·瓦赞①开口说道。

"对不起……说一下具体位置吧,亲爱的朋友。您说的是哪座加里曼尼宫,威尼斯可有 11 座啊。您说的是圣保罗那儿的吗?"

"还是圣东尼亚那的?"

"难道是桑塔·露琪亚那儿的?"

"还是桑塔·玛丽亚·佛莫撒那的?"

"您想说的是不是被称为'德拉维塔'的那座加里曼尼宫?"

在神秘的"胭脂红朋齐酒"时间,每次提及这种典礼用酒都让人回想起《时光》和《阿尔塔那》②中的每一页。这些狂热的旅行者抽着弗吉尼亚雪茄,他们的胡子都被熏黄了,商量着晚上该去哪里吃饭,在哪家酒馆(这是他们用的词)。

"我们去卡佩罗尼禄饭店吧……"

"去行吟诗人饭店吧……"

"要么去博文查特居所吧……"

"不如去凤凰剧院的塔文纳饭店?"

---

① 吉尔贝·德·瓦赞(Gilbert de Voisins,1877—1939),法国作家、翻译家。
② 《阿尔塔那》(*L'Altana*):又名《威尼斯生活》,亨利·德·雷尼耶作品。

"或者去哥尔多尼广场的科伦坡饭店?"

"瓦莱索街口的伯特科纳怎么样?"

他们没有成为兰波,也绝不会成为纪德、吉罗杜或普鲁斯特。比起纪德,他们更喜欢吉罗杜,但几乎不认识[①]普鲁斯特。这三个人也曾留着长胡子,后来他们把胡子剃掉或是剪短了。

这些男人魅力十足,却对自己没什么信心。他们是尖刻而又温和的风流才子,很容易高兴也很容易绝望。他们嘲笑同性恋,就像托马斯·曼[②]笔下的男主角冯·奥森巴哈先生,他因为在丽都岛见到一个年轻浴者将肩膀裸露在浴衣外而心神不宁。(参见《魂断威尼斯》)。

女人曾令他们痛苦(真不幸,他们跟最后几个令男人受苦的女人打交道)。这些高傲的家伙,敏感到会破碎,脆弱的神经像是穆拉诺玻璃丝造就。他们躲避在避难城,被生活和粗鲁的民众所打扰。与那些吝啬的出版社相比,他们还不算经验丰富且冒充高雅。这些人他们只在吃饭的罗斯柴尔德家族中[③]才喜欢财富,但并不是为了财富本身。

"你会像你父亲,真是不可思议!"沃杜瓦耶死前的那天对我说。随着年龄的增长,我觉得自己比20岁的时候跟他们更接近了,单片眼镜方面还不是如此。他们的单片眼镜已经有些矫

[①] 埃德蒙·雅卢除外。——原注
[②] 托马斯·曼(Thomas Mann,1875—1955),德国作家。
[③] 罗斯柴尔德家族(Rothschild):欧洲乃至世界闻名的金融家族。

揉造作了,他们会把眼镜赠给查拉①,查拉不久后就会从苏黎世来到这里,后来又赠给了拉迪盖②(他的单片眼镜太大啦,以至于他拿下眼镜的时候,居然把下眼皮给扯了出来)。没有人像亨利·德·雷尼耶那样把单片眼镜戴得那么高,他脑袋后仰,单片眼镜仿佛在他光滑的头顶上开了一扇小圆窗,活像圣马可广场上的第六座圆屋顶。茶,是他们冬天的饮料,雅卢、阿贝尔·柏纳尔、杜勃用中式礼仪向女士们敬茶。如果他们曾经有著作权的话,这会令他们大倒胃口。大家都很贫穷,或者说差不多都很穷。

对于生活艺术而言,那不是个好时间。他们会说"现在才是灾难开始的时候",就像保罗·布尔热在1918年11月11日写给科尔佩绍的信中所说。

这些热爱威尼斯的大人物就像亨利·德·雷尼耶珍爱的小钟楼一样,在他们生命的尽头,"优雅地"、悄无声息地逝去了。

---

① 特里斯唐·查拉(Tristan Tzara,1896—1963),罗马尼亚人,达达主义运动创始人。
② 雷蒙·拉迪盖(Raymond Radiguet,1903—1923),法国作家。

第二章 检疫隔离屋

威尼斯的夜晚
1918 年初

雕花镜子和玻璃丝小黑人盛行的时光已经一去不返。

古人的宫殿摇摇欲坠。

我在等待一趟还未抵达的火车,之前我在威尼托边境匆匆走了一趟,法国参谋部正在此地力图重振意大利士气。英法联军的鱼雷艇在亚得里亚海上巡视,艇上闪射出的灯光照亮了威尼斯老火车站。六十座威尼斯堡垒发出明亮的信号弹,宣告奥地利人的袭击并未取得很大成效。今晚恍惚的秋夜在我心中变得真实起来。这时,小圣西门教堂的圆顶——总是它——出现了,继而又在大运河里探出一个脑袋。接着便轮到大圣西门教堂亮了起来,然后是斯卡尔其教堂。教堂装饰风格欢快,像是一部教士轻歌剧,正前方闪耀着华丽的徽章(人们几乎都忘了贝尼尼[①]也是一位剧作家)。

[①] 济安·贝尼尼(Gian Bernini,1598—1680),意大利雕塑家、建筑家、画家。

那夜,漆黑的天空中,一轮月牙徒然地等待着括弧的另一半,此时我突然意识到了战争的重大变化。战败之风吹过罗马,这座城市已经后悔没有采纳乔利蒂①高枕无忧的中立政策。只有新生的法西斯政权宣誓效忠协约国,而政权的狂热者们仍然只是一小撮高喊"法兰西万岁"的人们。

在巴黎的一年让我惊愕地目睹了领袖们可能犯下的种种错误,维维亚尼②夸口"敌人必败",霞飞③在1914年预言"战争将在圣诞节结束",尼维尔④声称"这将是最后一次进攻"。老一辈在一天天丧失他们的威望。

为了渡河我们牺牲了20万人,我无权抗议,我也不能以还在奋战的弟兄们的名义说话。但是,因为我没有亲身参与战斗,我不是更有义务用别的方式帮助他们吗?我就不能用另一种语气表达我的情绪吗?也许,我的《黑夜集》会诞生在这漆黑的威尼斯,诞生在这个阴森的车站,我将以这种方式宣布天空出现的迹象。我的《黑夜集》在低语,不是顶替逝去的灵魂说话,而是为他们说话,为他们排忧,为他们哀叹,告诉他们我从未忘记他们,尤其是1908年到1913年入伍而死伤殆尽的战士们。

---

① 乔万尼·乔利蒂(Giovanni Giolitti,1842—1928),意大利政治家,曾任意大利总理。

② 勒内·维维亚尼(René Viviani,1862—1925),法国政治家,外交家。

③ 约瑟夫·雅克·塞泽尔·霞飞(Joseph Jacques Césaire Joffre,1852—1931),法国军事家。

④ 罗伯特·乔治·尼维尔(Robert Georges Nivelle,1856—1924),法国军事家。

就在此时，拉尔波①以一个人道主义者和一个受辱的欧洲人的身份在他的《阿利坎特日记》中写道："从1917年起，1914到1918这段屈辱的时期，在我们眼中就是一场黑暗的解放。"

不久之后，普恩加莱②会说"1917年是动荡的一年"，对我们来说，那是让人不安的一年。百科全书派之后，法国唯一一代真正的国际主义者让人绝望。

在政府前厅工作的14个月让我知道了很多事③。在那里，我见到了众多有名望的法国人顶着神圣联盟的名义互相猜忌、互相诋毁、互相排斥，虽然他们都希望法国取得胜利。白里安④虽然赞成希克斯特王子⑤与维也纳的会谈，却仍然秘密地坚持被议会严重打压的和平主义政策。白里安的继任里博⑥，将之视为可疑分子。随后，里博本人被克列孟梭⑦穷追不舍，后者没有反对让白里安进入最高法庭。我钦佩菲利普·白德洛⑧，宣战后他孤身一人展开法国的外交活动。他拒绝踏入爱丽舍宫，苦等他四年的普恩加莱一直都没有原谅他的冒犯。我曾经目

---

① 瓦莱里·拉尔波（Valery Larbaud，1881—1957），法国诗人、小说家、评论家。
② 雷蒙·普恩加莱（Raymond Poincaré，1860—1934），法国政治家，曾任法国总理和总统。
③ 《一名使馆随员的日记》（伽利玛出版社）——原注
④ 阿里斯蒂德·白里安（Aristide Briand，1862—1932），法国政治家、外交家，法国社会党创始人，曾11次出任总理。
⑤ 希克斯特-亨利德波旁—巴马王子（Sixte-Henri de Bourbon-Parme，1940— ），波旁王朝巴马支系子孙。
⑥ 亚历山大-费历克斯-约瑟夫·里博（Alexandre-Félix-Joseph Ribot，1842—1923），法国政治家，曾四度出任法国总理。
⑦ 乔治·克列孟梭 Georges Clémenceau，1841—1929），法国著名政治家，曾任法国总理。
⑧ 菲利普·白德洛（Phiuppe Berthelot，1866—1934），法国外交官。

睹白德洛所受的不公正的、彻底的冷遇。里博为了一个他曾公开蔑视的议会而牺牲了白德洛。我目睹那些前一天还匍匐在白德洛脚下，向他请求任务或是申诉延期的人，突然之间全都将他忘得一干二净。直到克列孟梭注意到这位重要的国家职员所受的屈辱，他才得以被重新启用。正是这只"老虎"①承认自己偏爱卡约②，如果要枪决卡约那也是情非得已。我记得儒勒·康邦③在他生命将尽时对我所说的关于克列孟梭的话："克列孟梭让我成为凡尔赛会议的五名代表之一，我并不乐意。在那里，盎格鲁-撒克逊的代表们一起工作，而我们则从不在一起……我从未收到任何指令。我们当中只有塔尔迪厄④了解一点克列孟梭的想法……这只老虎一直像个老学生，无知，也不太聪明，但是为人慷慨而顽强……在战争方面应该向他致意，他成功了。不过让他负责和解真是一件令人遗憾的事！"

办公室里的阴险勾当，沙龙中的卑鄙行径，议会成员的背信弃义，半公开的敲诈勒索，保险箱开锁声大作，里面放着用来收买记者的秘密基金。1916至1917年，政治机器的每一根发条都在我这个年轻而无名的政府专员眼前运转起来。

明天我将启程前往罗马，此刻，我在《日记》的最后几页写下1917年末至1918年初，战争突然带给我的感想："这里有另外一种气味，这是魔鬼的咒语。"欧洲开始觉察到这种气味。

---

① 老虎：乔治·克列孟梭的绰号。
② 约瑟夫·卡约（Joseph Caillaux，1863—1944），法国政治家，曾任法国总理。
③ 儒勒·康邦（Jules Cambon，1845—1935），法国外交家。
④ 安德烈·塔尔迪厄（André Tardieu，1876—1945），法国政治家，曾任法国总理。

第二章　检疫隔离屋　73

　　身处意大利，我刚刚结束的巴黎生活却渐渐清晰起来：我见证了可怕的1917年的终结，那一年，欧洲险些陷入动荡，而人们今天才意识到这一点。1917年，是争取和平的一年。那一年发生了科夫尔和米西动乱①，人们目睹布洛特将军②摘下他的星章③，安全总局与军队情报机构之间进行着秘密斗争，《法国行动报》与《红帽子报》和《每周通报》对立。都德④一家出现了奇怪的一幕：在阿尔封斯·都德夫人家，我和奥瑞克⑤闻听莱昂·都德⑥为克列孟梭顺利进入议会做准备，而他的弟弟吕西安⑦，一个身穿艾迪安·德伯蒙医院制服的白里安主义者，却渴望协商议和。虽然莱昂·都德与菲利普·白德洛都在勒南膝下抚养长大，但都德却每天在《法国行动报》上吵嚷着要起诉与他情同手足的白德洛。然而当他们相遇时，莱昂·都德又会将菲利普·白德洛紧紧抱在怀中。（普鲁斯特在《驳圣伯夫》⑧中记录了这种"分裂"。）

　　谁将撰写1917年的故事？历史学家的几何学智慧简化和歪曲了一切，真相只存在于幻想作品之中。

　　巴黎焦急地等待着美国军队的到来。他们能及时到达吗？

――――――――――

① 科夫尔和米西动乱：1917年初的尼韦勒战役后法军内部发生的动乱。
② 莱昂·布洛特（Léon Bulot,1851—1922），法国政治家、军人、律师。
③ 参见吉·佩陀西尼（Guy petrocini）《1917年动乱》。
④ 阿尔封斯·都德（Alphonse Daudet,1840—1897），法国作家。
⑤ 乔治·奥瑞克（Georges Auric,1899—1983），法国作曲家。
⑥ 莱昂·都德（Léon Daudet,1894—1943），记者、政治家、作家，作家阿尔封斯·都德的长子。
⑦ 吕西安·都德（Lucien Daudet,1878—1946），法国作家，阿尔封斯·都德的小儿子。
⑧ 《驳圣伯夫》（Contre Sainte-Beuve）：马塞尔·普鲁斯特的文艺理论著作。

在和平主义者和齐美尔瓦尔德派①聚集的苏黎世,查拉随手翻开字典,刚好落在"达达"这个词上。《蒂蕾西亚的乳房》②上演时,蒙帕纳斯③听到了亚瑟·柯文④,这个抗议之祖,召唤"17个国家的背叛者"。与此同时,在一阵螺丝钉在铁皮盒子中摇晃的嘈杂中,初出茅庐的安德烈·布勒东喊着:"上路吧!"

从此以后,一切都复杂了:前线毫无进展,战争的目的和缘由越来越让人难以捉摸,而俄国革命又改变了政治格局。总之,70年代的年轻人在观看电影《多可爱的战争》⑤中所发现的一切,我们都已经遭受过了。

一个黄金时代终结了,另一个黑暗笼罩的时代升起了。

三年来,我被身上的平民服装压得透不过气来,战士们所遭受的可怕苦难已经让我难以忍受。突然之间,意大利意味着重生,不仅于我而言,对于那些在意大利登陆,可以忘记阵地战梦魇的法国军队来说,也是如此。人们突然像福隆德⑥运动中的布里萨克⑦一样思考,他手中握着剑,边喊着"敌人来了",边装载柩车。从此以后,唯一的敌人就是死亡:隐匿的生命力量

---

① 齐美尔瓦尔德派(Zimmerwaldien):齐美尔瓦尔德为瑞士村庄,1915年第一次全世界社会主义会议在此召开,会议召开前夕产生了齐美尔瓦尔德左派和中道派。
② 《蒂蕾西亚的乳房》(*Mamelles de Tirésias*),法国作家阿波里奈尔于1917年发表的超现实主义戏剧。
③ 蒙帕纳斯(Montparnasse):巴黎街区名。
④ 亚瑟·柯文(Arthur Cravan,1887—1918),英国诗人、拳击手。
⑤ 《多可爱的战争》:法语译名为《天啊,多么美丽的战争》(*Mon Dieu que la guerre est jolie*)。——原注
⑥ 福隆德(Fronde)运动:即投石党运动。
⑦ 路易·德科塞·布里萨克(Louis de Cossé de Brissac,1625—1661),法国元帅。

突然闯入我们良知的疆域，我们无法再做道德的主人。野兽要生存，兽性吞噬了一切。

"威尼斯，我在她的葬礼中找到了她。"（拜伦语）。圣马可广场上空的鸽子变成了外号"鸽子"的奥地利战机。

在威尼斯，透过圣玛丽亚教堂被刺穿的穹顶可以看见蓝色的天空。阿森纳造船厂被击中，总督府也裂开了，圣马可广场上堆起了用厚木板和钢丝网围住的高达五米的沙袋墙。四马二轮战车雕塑里的战马已经不知所踪！提香的画已被卷起，运河上不见贡多拉的踪影，鸽子也被人们吃掉了。

塔利亚门托①上的撤退已近尾声，加尔达湖②和亚得里亚海之间的战线长达五百公里，梅斯特雷是军队驻扎区。在布雷西亚、维罗纳③和威尼斯，法国军队（像1943年的德国人一样）努力振奋意大利人的士气。在登陆的码头上，法国军官们试着用穿了孔的麦秆抽长弗吉尼亚烟。红十字会的卡车上，负伤的塞内加尔人与身穿病号服的那不勒斯人肩并肩坐在一起，穷困潦倒的意大利狙击兵、奥地利囚犯和身穿灰蓝衣服的蒂罗尔人，以及用他们的两角帽换了一顶类似科莱奥尼那样的头盔的意大利宪兵，全都混在了一起。奥地利人接管的俄国俘虏拿着玉米叶制成的扫帚清扫各处码头，墙上张贴着吓人的告示，命令

---

① 塔利亚门托(Tagliamento)：意大利北部河流名。
② 加尔达湖(Lac de Garde)：位于意大利北部。
③ 麦斯特(Mestre)、布雷西亚(Brescia)、维罗纳(Vérone)都为意大利北部城市名。

卡波雷托战役①的逃兵返回第四兵团,违者将被"背后枪决"。

当我返程时,罗马已成了1940年的巴黎,一座染上道德瘟疫而荒芜的中世纪城邦。到处都是沾满泥泞的靴子、湿透的军服和裹着绷带的头颅,那是被阿尔卑斯山轰炸的燧石碎片划伤的。没有人工作,人们都离开了自己的岗位。对我来说,罗马就是大使馆,我在绿色纸板间漫步,就像梦中穿着衬裤在舞会上游荡……我又找到了一封写于1917年12月31号,从法尔内塞宫②寄给我母亲的信:"罗马到处都是威尼斯的避难者。昨天我遇到了G,他离开了大运河边的宫殿,胳膊底下夹着一个帽盒子,里面装着乔尔乔内的画。圣安东尼奥·德·帕多瓦因为轰炸而躲到了博洛尼亚③,而科莱奥尼则来到了这里。"

当我像往常一样在巴里尔④家吃早餐时,我听到了福煦⑤和魏刚⑥讲述那天上午他们是如何向意大利部长们解释伊松佐河战线⑦并不是战争的全部,被敌方俘获的20万士兵和缴获的两千门意大利大炮并不算太糟。加布里埃尔·邓南遮不会轰炸

---

① 卡波雷托战役(Caporetto):一战期间奥德联军在卡波雷托与意军进行的一次交战,意大利惨败。
② 法尔内塞宫(Farnèse):位于罗马,为法国大使馆所在地。
③ 博洛尼亚(Bologne),意大利北部城市。
④ 卡米尔·巴里尔(Camille Barrère,1851—1940),法国外交家,曾任法国驻意大利大使。
⑤ 费迪南·福煦(Ferdinand Foch,1851—1929),法国将领,曾任陆军统帅。
⑥ 马克西姆·魏刚(Maxime Weygand,1867—1965),法国将领,曾任陆军上将。
⑦ 伊松佐河(Isonzo)战线:第一次世界大战期间,意军同奥军在意奥边境伊松佐河地区进行了12次战役。

的里雅斯特①和科托尔②吗？

在法尔内塞宫我十分孤单。在我出发前，普鲁斯特在跟我谈起我未来的上司巴里尔时曾如此说到："他曾是我父亲的朋友，一个老迷糊……"我生活在对巴黎的牵挂中，在那里，普鲁斯特几乎已经不能下床，伊莲娜刚动过手术，吉罗杜在哈佛大学，阿莱克斯·莱热③在北京。在香槟省，炮兵司令埃里克·拉波纳④将炮筒对准了俄国军队，这些以盟军身份来到法国的俄国人现在却让人起疑。在伦敦，安东尼奥·比贝斯库和伊曼纽尔·比贝斯库⑤表示希望尽快谈判以取得和平。乔治·鲍里斯⑥预言"对所有人来说，这都会让事情变糟"，此人大胆前卫的思想震动了我们。在法尔内赛宫，我观到了我的同事，弗朗索瓦·夏尔鲁⑦，一位参赞，是我战前在伦敦的同学。大使馆里纷杂的事务令他变得前所未有地好斗和顽固。曾有人说他一个人就足以让意大利人重新发动战争。他觉得我有点冷淡，他的这种看法影响了我们之间的友谊，而卡约事件则让我们更加疏远。

从1911年第一次拜访卡约，到1926年在他位于阿尔丰斯-德纳维勒街⑧家中的最后一次拜访，卡约总是能让我大吃一惊。

---

① 的里雅斯特(Trieste)：意大利东北部边境港口城市。
② 科托尔(Cattaro)：黑山南部海港。
③ 原名圣琼·佩斯(Saint-John Perse)，阿莱克斯·莱热为其笔名。——原注
④ 埃里克·拉波纳(Erik Labonne, 1888—1971)，法国军官。
⑤ 安东尼·比贝斯库(Antoine Bibesco, 1878—1951)和伊曼纽尔·比贝斯库(Emmanuel Bibesco, 1877—1917)均为罗马尼亚王子。
⑥ 乔治·鲍里斯(Georges Boris, 1888—1960)，法国政治家、经济学家及记者。
⑦ 弗朗索瓦·夏尔鲁(François Charles-Roux, 1879—1961)，法国外交家。
⑧ 阿尔丰斯-德纳维勒(Alphonse de Neuviue)街：位于巴黎。

他的暴怒和他疯人王般的冒失都令我着迷。当他勃然大怒时，他光滑的头颅变成粉红色，接着泛出肉红色，单片眼镜的钻石圈后喷射出火一般的目光。卡约很喜欢父亲，父亲也仰慕卡约、捍卫卡约，正如他在卡约夫人案①时所做的那样，他冒着跟卡尔梅特的朋友闹翻的风险为卡约辩护。战争刚刚让卡约丧失了他仅剩的一点平衡，他的继任者乐得摆脱他，常常将他派遣到国外。全球策略的运用已使他忽略了其他所有策略。他在阿根廷言语疯狂，他在意大利与危险人士频繁来往，他希望通过协商取得白色和平，他时常说些孩子般不合时宜的话，他提出大胆的见解，未来将为这些见解作出解释，卡约的一切都令我惊愕，包括他与剧院投机者们的频繁来往，他还心甘情愿地把自己的财产委托给他们。雷蒙·普恩加莱②如此评论卡约："并非是他对叛徒有特殊爱好，而是这些人有助于他的个人政治生涯。"1911年，他使法德和解，从而避免了白人的自相残杀。我曾经听卡约如此说道："在我们的北非排挤南欧人是疯狂的做法"，"如果我们不从现在起就把突尼斯和奥兰省③分别向意大利人和西班牙人开放，阿拉伯人会把我们赶出去的。我们可以和意大利人、西班牙人一起建立一个两千万欧洲人的政治集团。唉！你们奥塞码头办公室的瞎眼是没得治了！"时光

---

① 卡约夫人案：1914年3月16日，法国前总理、时任财政部长的约瑟夫·卡约之妻昂里埃特·卡约（Henriette Caillaux）枪杀了《费加罗报》主编加斯顿·卡尔梅特（Gaston Calmette）。

② 雷蒙·普恩加莱（Raymond Poincaré, 1860—1934），法国政治家，曾任法国总统。

③ 奥兰省（Oranie）：位于阿尔及利亚北部。

流逝，当我重新阅读克列孟梭于 1919 年 10 月在参议院主席台上发表的痛苦的自我反省时，我又想起了卡约。克列孟梭当时说道："德意志民族是一个伟大的民族，我们应与它和平相处。过去我过于仇恨它了，和平相处的任务属于其他人，属于比我年轻的继任者。"难道我们不会误以为这是卡约在说话吗？

我总是喜欢失势的一方：富凯①、卡约、白德洛、拉瓦尔②。当他们被关押在监狱，被拖拽到高等法院，被屈辱地退位，被捆绑在桩柱上，我对他们的挚爱之情一样在增长。是谁让他们殊途同归？精神分析学家可以解释这一切吗？这个问题可以追溯到很远，一直追溯到"为什么你是德雷福斯派"这个问题。八岁时，我回答说那是因为班级里没有其他人是德雷福斯派。我的回答在家中出了名，他们当时并没有发现这其实是我强硬个性的表现，反而认为这只是我天真的迹象。

成功之后的失败，这将仍是我 50 年代到 60 年代书系的主题，《富凯》之后，是《塞维利亚的苦修者》《地下的钥匙》《法庭的最后一天》《赫卡忒》……孩童时，我睡觉时会将拇指弯进手掌中，精神分析学家认为这是内倾性格的表现。从 1917 年起，我未来的一个妻弟就在苏黎世的史密特·古桑处治病，此人是弗洛伊德和荣格的学生。这就是精神分析学在法国出现的前五六年的情景，我曾熟知这种对解放的尝试。隐秘的性生活与社会生活之间的反差总是令我惊叹不已。纪德曾说他是在绕着精神分析打转，对我而言，是精神分析绕着我打转，为了给我

---

① 尼古拉·富凯（Nicolas Fouquet,1615—1680），法国政治家。
② 皮埃尔·拉瓦尔（Pierre Laval,1883—1945），法国政治家。

换掉在基督教徒忏悔之路上穿旧的鞋底。

在政治层面，和平有强加与协商之分，有荣耀与屈辱之分。对作家和农民而言，和平没有那么五花八门，和平只有一种。一直以来我只热爱和平本身，奇怪的是这份忠贞让我背叛了命运。出于忠贞，1917年我经历了极度激进的左派，1940年又进入了莫拉斯①所支持的维希政府中，我在那里一样不自在。人类没有改变，是周边的世界在变。我熟知维多利亚时期的英国，那时候，人们还没有接纳用"长裤"这个词来指今天在特拉法尔加广场②水池中赤身裸体的英国人。我看见1917年的俄国军官被摘去肩章，我又发现了苏联，它发明了上千种荣誉称号并且建立了官员等级制度。

在这两者之间的，是今天我们称之为欧洲的这个半身不遂的身躯……

如果这些时代的画面还没有过于陈旧，那么它们在50年前便已预示了我们的现状。我在其中重新体味到1925年的司科特·菲茨杰拉德③式的苦涩："父母们搞了相当多这样的破坏，老一辈人在把这个世界交给我们之前几乎已经把它毁坏殆尽了。"1917年起，我脱离了老一辈人，我不停地接受他们的遗产，这是一种被解放的痛苦。

---

① 夏尔·莫拉斯(Charles Maurras，1868—1952)，法国作家，二战时加入维希政府。
② 特拉法加广场(Trafalgar Spuare)：位于伦敦。
③ 弗朗西斯·司科特·基·菲茨杰拉德(Francis Scott Key Fitzgerald，1896—1940)，美国作家。

1917年,工人国际法国支部的领导人之一马塞尔·桑巴①,一个极有修养的人,与我建立了友谊。(在蒙帕纳斯大道紧靠莱昂·布鲁姆②公寓的白德洛家一楼,在1918年便走向衰落的象征主义的没落气氛中,吕涅·坡③、克洛岱尔④还有原《白色评论》的主编们一起谈论国家的内政外交。)桑巴让我了解最新的绘画,我竟然违反了父亲的规定"绘画到塞尚就可以了,不用了解比他更年轻的人"。桑巴,这个温和而宽容的人,使社会主义变得可以为人们所理解。正是因为他,我明白了人们应该战胜对1848年革命和1871年巴黎公社运动的恐惧。

　　那一年,我在V.M家遇到了另一个社会主义领袖⑤布拉克·德鲁索⑥。(吃夜宵时,克洛岱尔向我们分发硬鸡蛋,他在上面写了诗句)。我坦率地对布拉克·德鲁索说:"我相信社会主义,但我认为它只是民族的。"(我完全没有料到20年后这两句话会让欧洲震颤。)他冷冷地说道:"荒谬!社会主义从本质上来说就是国际的。"

---

① 马塞尔·桑巴(Marcel Sembat,1862—1922),法国政治家。
② 莱昂·布鲁姆(Léon Blum,1872—1950),法国政治家和作家。
③ 吕涅·坡(Lugne-Poe,1869—1940),法国演员和导演。
④ 保罗·克洛岱尔(Paul Claudel,1868—1955),法国诗人、剧作家。
⑤ 当时每个沙龙里都有一个社会主义者:斯特劳斯夫人家是莱昂·布鲁姆;梅纳德·多里昂夫人家中有阿贝尔·托马斯;夏尔·拉波波尔在克雷芒·东纳伯爵夫人家中;闺名维奥莱特·德埃尔欣根的欧仁妮·穆拉公主府上有布拉克·德鲁索。——原注
⑥ 布拉克·德鲁索(Bracke-Desrousseaux,1861—1955),法国政治家。

1919 年

在罗马和马德里度过两年后,我带着一些诗篇回到了巴黎,这是一个毫无耐心的年轻人所写的诗歌,其中一些写到了威尼斯,像下面这首:

噢!我们不能再等待了……

或者是:

……我们扑向没有道路的大海……

或者是:

……我们的弟妹们啊,从他们的眼中我看到
他们无法忍受等待的煎熬……
何时才有
完全属于你们的大收获呢?
何时才有能
光着脚环绕地球奔跑呢?

这其间有一个更加遥远的声音,它来自:

……过往……伴随着
英雄、历史、经验,一切都保存在你身上!
全部的遗产都向你汇聚而来……

这是《草叶集》①的语调。很多年间,身体强健、精力充沛且作品浅显易懂的沃尔特·惠特曼就是我的偶像。雨果呢?高中毕业后我就只记得他的《爱维拉德努斯》(半个世纪后我才发现《影之口》②)。高速公路和女人的气息,我最先在惠特曼的作品中感受到。

这位美国游民,我还以为在法国没人知道呢。我错了,他的作品翻译于1907年,他的文字并没有被人遗忘。我在杜阿梅尔③与罗曼④的一致主义⑤中又发现了他。惠特曼引发桑德拉尔⑥创作了《纽约的复活节》,随后,科克托也在新近创作了《波托马克河》。惠特曼还激发了苏佩维埃尔⑦的灵感,使他创作了《下船码头》和《万有引力》,他还吸引了由普尔打扮的流浪汉《巴纳布斯》⑧。在美国,海明威和多斯·帕索斯⑨还在惠特曼

---

① 《草叶集》(Feuiues d'herbe):美国诗人沃尔特·惠特曼(Walt Whitman, 1819—1892)的代表诗歌集。
② 《爱维拉德努斯》(Eviradnus)、《影之口》(Bouche d'ombre):雨果的诗歌。
③ 乔治·杜阿梅尔(Georges Duhamel, 1884—1966),法国诗人、作家、医生。
④ 于勒·罗曼(Jules Romains, 1885—1972),法国诗人、作家。
⑤ 一致主义:20世纪初法国的文学流派,杜阿梅尔和罗曼都为一致主义作家。
⑥ 伯莱斯·桑德拉尔(Blaise Cendrars, 1887—1961),瑞士法语区最著名的文学专家。
⑦ 于勒·苏佩维埃尔(Jules Supervielle, 1884—1960),法国诗人、作家。
⑧ 《巴纳布斯》(Barnabooth):法国诗人瓦莱里·拉尔波(Valery larbaud, 1881—1957)的诗作集。
⑨ 约翰·多斯·帕索斯(John Dos Passos, 1896—1970),美国作家。

家中享受了高地疗养。

> 我为了那些与全世界同行的人们

这是国际浪漫主义的最后回声,1848年革命延伸到了全球。

1920年

哈里酒吧开业(早于奥逊·威尔斯酒吧和海明威酒吧)。

1922年
《夜开》

据说1870年普法之战后,福楼拜文社在给《梅塘之夜》这份因《羊脂球》而闻名的小说集刊取名时,差点将之取名为《滑稽的战争》。这种轻松的反应并非亵渎神明,而是在极度危险之后的叹息。1918年人们注意到了同样的景象,这就是《夜晚集》所解释和所辩护的。

在这个50年前的广袤世界中,文学作品清者自清地存在着,对它们的评论也浅显易懂,文笔优美。因幸存而发出的这声幸福的呼喊,在这个不幸的时代显得如此突兀,这种幸福是我身患重病的朋友们所羡慕的，比如普鲁斯特和拉尔波①。每当他们说"我多么想像莫朗一样生活"时（他们并不认识对方，但他们两个确实都说过这句话），我却只是希望自己能有他们的一点点天分。希望他们不要羡慕我花在"生计"上的时间。为了争取时间我浪费了多少时间啊！为了回应我的《论速度》，拉尔波将他对《迟钝》的评论题献给我。真正沉迷于享受的人是他。

1921 年

我又一次停留在威尼斯的火车站，"这座止于虚无，停靠着一辆寂静而阴暗的巨大罐车的车站"（《夜开》）。昨天完成的《土耳其之夜》便是如此开场。

那天，我乘坐一趟全新的辛普伦快车②一直到了伊斯坦布尔，协约国用这趟车代替了原先陈旧的东方快车，这是纪尧姆二世时期巴格达铁路的第一段。

陆地上的战壕已经填平，威尼斯小孩在炮弹坑里捕鱼，造船厂的潜水员让沉陷在污泥中的奥地利鱼雷艇重新浮出水面。

威尼斯还未从战争的困倦中恢复……

巴尔扎克曾经在《假情妇》中写道："威尼斯的狂欢节已经

---

① 瓦莱里·拉尔波（Valery larbaud, 1881—1957），法国诗人、小说家、评论家。
② 辛普伦快车（Simplon—Express）：往返于巴黎和伊斯坦布尔之间的长途列车。

什么都不是了，真正的狂欢节在巴黎。"

在20年代也是如此。

但我并不打算讲述当时的巴黎，这里只是一场与威尼斯的促膝之谈，威尼斯的水上生活是这些篇章唯一生动的地方。

我离开巴黎的那些年，巴黎发生的一切都证明那里从1917年就开始了一场风尚的革命。从战争中归来的一代人，他们厌恶昨天，好奇明天，好奇谁能够向他们解释将来，谁会向他们揭示新的世界，谁会列出他们居住的这个神秘星球上的地理资源。如果说《夜晚集》和《只有土地》①当时广受欢迎，那更多地应该归功于环境，而不是作者：成功往往只是一个人遇到了属于他的时代。

艺术是什么？可不就是就时论事吗？

尽管我们本意并非如此，但我们的每本书似乎都在与战前对话："有助于你们去掩埋。"不管在什么时代，1岁的小公鹿总会对成年的十角鹿愤愤不平。我们突然认识到1798年后重新出现的这件怪事：我们的前面已经没有人了。父辈和祖父辈已经落跑，被人遗忘。一切都归于虚无、开放、免费。我们并不了解这场发生在年轻人身上历时长久的叛逆，它从浪漫主义蔓延到左派分子身上："要么前进，要么死亡。"

仿佛突然间获得了彻底的自由，一条被机遇清扫一新的道路，所有的领域都是空荡荡的，不论是在毕加索的美术品里，马

---

① 《夜晚集》(Nuits)和《只有土地》(Rien que la terre)为作者保罗·莫朗20世纪20年代的作品。

赛因①的舞蹈里,还是在艾迪安·德伯蒙②的晚会里。(晚会在马赛朗路饭店举行,讽刺的是,这座酒店位于贵族区和蒙帕纳斯之间)。拉迪盖描述了这些晚会,而1914年以前的波斯舞会已被他扔进了格雷万博物馆。民众纷纷投身于前卫派之中,再也不会有如此浩大的声势了,不仅大后方如此,大部队也是如此。

我怎么会急于投身到古代人前进的行列中去呢?一种服装设计师式的青春是如何令我置身于前卫派的呢?我依然在思索这个问题。难道是一代又一代人的洪流把我卷入了他们的浪潮中吗?出版商的白痴广告从来就不过是个涡轮机,它利用浪潮的力量将蒙泰朗、布勒东③那样截然不同的人才投到展墙上,投到橱窗里。

这是怎样的溃败啊!所有冒充高雅的人都想跻身其中,体验这场新奇的冒险,归属于波德莱尔口中文艺勘察加半岛的边缘。老人们祈求宽恕,将我们湮没在赞美声中,向我们奉上各种专栏、荣誉和友谊。他们安排院士们陪我们共进午餐,让他们给我们许下空口诺言,还在这些滑稽的午餐上把他们的女儿送到我们手中。大部分人憎恶我们,就像人们总是憎恶他们的

---

① 莱奥尼德·马赛因(Léonide Massine,1896—1979),美国芭蕾舞演员,芭蕾舞动作设计者。
② 艾迪安·德伯蒙(Étienne de Beaumont,1852—1913),法国贵族、舞会装饰、服装和首饰设计者,其组织的舞会十分出名。
③ 安德烈·布勒东(André Breton,1896—1966),法国超现实主义诗人和评论家。

后代一样。"大师,我们应该如何看待您呢?"当时六人团①问他们的前辈莫里斯·拉威尔②。莫里斯幽默地答道:"恨我吧。"(但是他们什么也没做,他们的憎恨只停留在瓦格纳③身上。)

在那些战前的人看来,我们是一群嗜杀的暴动者,我们组成一个新的凶残组织,它嘲弄机构编制,我们是巴雷斯早已预言过的将要到来的"野蛮人"的先锋。我们接替马里内蒂④,哀号威尼斯的灭亡,嘲笑贡多拉,"这些傻子的跷跷板"。在香榭丽舍大道上,马克斯·雅各布和科克托对孩子们喊道:"赶紧玩吧,下次打仗死的就是你们这些小鬼!"老一辈的文学斗士抗议普鲁斯特所说的"花样少女的倩影胜过浴血英雄的身影"。《木十字架》⑤控诉描写一战法国士兵妻子不忠行为的《魔鬼附身》⑥。

今天,我们震惊于"疯狂年月"⑦竟有如此多的受害者,他们自杀、绝望、背叛、碌碌无为。多少毕加索半途而废!毕加索说过"我像游泳健将横渡河流一样越过传统",然而他没有进一步提到的是,吹笛人汉斯游泳时跟在他身后的那群老鼠后来都淹死了。

如今的让·科克托已经远离了他1909年的威尼斯诗作,他

---

① 六人团(Les Six):指20世纪前期法国六位作曲家,即奥里克(Auric)、迪雷(Durey)、奥涅格(Honegger)、米约(Milhaud)、普朗克(Poulenc)、塔勒费尔(Taiueferre)。
② 莫里斯·拉威尔(Maurice Raval,1875—1937),法国作曲家。
③ 理查德·瓦格纳(Richard Wagner,1813—1883),德国作曲家。
④ 菲利波·马里内蒂(Filippo Marinetti,1874—1944),意大利诗人兼批评家。
⑤ 《木十字架》(Les Crois de bois):法国作家罗兰·多热莱斯(Roland Dorgelès,1885—1973)的小说。
⑥ 《魔鬼附身》(Le Diable au corps):雷蒙·拉迪盖(Raymond Radiguet)的小说。
⑦ 疯狂年月:指一战结束后的1920—1929年。

的冒险一跃,对于别人而言可能非常危险,而他总是能够化险为夷。新的读者群的形成,第二次青春的焕发,科克托受到了前所未有的欢迎,变得无处不在。科克托不会错过火车,因为他总是跑在火车头的前面。从隐喻的尖刻到笔端的锋芒,他处处领先,凭借巧妙的讽刺他跻身于尖锐派行列。他的下巴仿佛在质询,他的目光好像螺丝刀,他的手指好像钻孔器,他活在"他自己的深处"。休息可能会让人迟钝。尖锐的科克托,电流从他身上四射而出。他住在安茹街①他母亲家中,当我们沿着他母亲家中亨利三世时期的楼梯而下时,都会感到身体虚弱、行动缓慢、腰酸背疼、反应迟钝。只有他能够一边睡觉,一边在刀尖上跳舞。

而在另一个极端,是沉着镇定的圣琼·佩斯(当时还叫圣莱热·莱热),他刚从中国归来,还有吉罗杜,他们都对自己的天资满怀信心,执意逃脱巴黎及其毒害,坚持自己的风格。对于那些不具备《赞歌集》(1911)②和《外省女人》(1908)③鲜明文风的作品,他们充耳不闻。

然而他们的时代还是到来了。不知不觉之中,他们被带到此处生活,在无人抵抗的情况下占领了"这些荒废的地方",正如昨天的公告所说的那样。

下面就是一个例子:

20年代中期左右,我和另外三个年轻的外交部职员在埃里

---

① 安茹街(Rue d'Anjou):位于巴黎。
② 《赞歌集》(Éloges):圣琼·佩斯的诗集。
③ 《外省女人》(Provinciales):吉罗杜的第一部小说。

克·拉波纳家中吃午餐,他现在还住在维克多-伊曼纽尔大道①。那时吉罗杜44岁,我35岁,他和我以及莱斯阿克·莱热(即圣琼·佩斯)和埃里克·拉波纳,我们四个都通过了外交部的考试(只不过是三个不同时期的考试)。菲利普·白德洛,我们的导师、领袖、朋友,不久前又一次可怕地失去了拥护,这些冷遇毁灭了他最后的人生。从今以后,我们就要靠自己的力量来巩固我们的政治立场并确保它的连续性。但愿人们不要把我们看成争夺领导地位的狂热的年轻人。战争就在那里发生,我们学会了为人处世,只服从于一个"雄心的义务"(司汤达)。突然间我们就成了孤儿。康邦兄弟②、帕莱奥洛格③、居斯兰④,法国外交史上伟大的一代刚刚逝去,而在他们和我们之间的,只有平凡的公务员。

在这个似乎一切都已中断的时刻,命运便是如此支配着我们,未来与我们迎面相撞:

因为白德洛的消失,阿莱克斯·莱热将在远东事务上与议会主席,同时也是外交部长的白里安直接联系,而白里安是那种懂得利用他人的精明懒人。阿莱克斯·莱热敬服他的上司,甚至是原先冷落白德洛的议会。后来的十多年间,外交部长几经更替,而阿莱克斯·莱热一直是法国外交的掌舵人。埃里

---

① 维克多-伊曼纽尔大道(Avenue Victor Emmanuel):位于巴黎,1945年改名为富兰克林·罗斯福大道。

② 康邦兄弟:指保罗·康邦(Paul Cambon)和朱尔·康邦(Jules Cambon),都为法国外交家。

③ 莫里斯·帕莱奥洛格(Maurice Paleologue,1859—1944),法国外交家。

④ 让·于勒·居斯兰(Jean Jules Jusserand,1855—1932),法国历史学家、外交家。

克·拉波纳是一个神秘主义者:他几乎是靠蛛丝马迹和感应,就准确地预言了我们的北非蕴藏着丰富的石油。刚开始没人相信他的话,然而他没有放弃,一生都致力于此。结果是众所周知的,那里确实是未经开采的平地层。至于吉罗杜,他追求的是两个梦想:一是成为高级官员、政治家,只是他的性格不适于这个梦想,倒不是他能力不足。直到15年后的1940年,达拉第①才在《欧洲大陆信息》②中给他机会。吉罗杜的第二个梦想就是戏剧:梅特林克③、克洛岱尔之后的四分之一个世纪,法国戏剧仍空无一人。两年之后,《西格弗里》④的成功是在一个空白的法国舞台上取得的。

那么,我的箭又将射向哪里?我的朋友们,有的追求作品,有的追求事业,或者两者皆而有之,而我却只是渴望彻彻底底的自由。在我过了受监护的年龄后,他们曾放手让我自由选择职业,然而那时我太年轻了。在政府部门,我从未感到受羁绊,即便有,也是很轻微的。在终极的解放和唯有死亡才能给予的自由中,我等待的是什么?我仍在思考这个问题。难道这就像是前卫的嬉皮士生活,奔向一种并不存在的幸福,放任一种看似健康其实有损身体的嗜睡症?我努力回想当时的精神状态:人生在世,这是一场独一无二的冒险,享受这场冒险吧。为了

---

① 爱德华·达拉第(Edouard Daladier,1884—1970),法国政治家,曾任法国总理。
② 《欧洲大陆信息》(Continental):吉罗杜于1940年发表的演说。
③ 莫里斯·梅特林克(Maurice Maeterlinck,1862—1949),比利时剧作家、诗人、散文家。
④ 《西格弗里》(Siegfried):1922年吉罗杜创作的长篇小说,1928年将其改编为戏剧。

什么呢？是为了改善人的状况还是满足人的天性？两者皆有。不要思考，向前进，低头！上帝会认出信奉他的人，等着瞧吧！

我的母亲和妻子，就像我的两个守护天使，她们对传统和我的兴趣有深刻的了解，但另有打算。在她们看来，生活就如同建造房子。

我只想要自由，却不知道自由是最珍贵的。彻彻底底的自由，我想要即刻拥有！却不知道"即刻"是最为昂贵的。让我们等待，多么不公正！我需要整个世界，没有尽头的世界（难道我身上有着当下世人引以为乐的潜逃罪的萌芽？）我不太懂得如何操纵和达到目的，我想要像雕琢稀世之材一般雕琢我的生命，不浪费一丝一毫，赋予它多元的能量。

所有的一起都主动献身，都希望被采撷。20年后，我们将会遇到大麻烦。其他故事……现在还不是讲述的时候。

如果那些试图恢复50年前历史风貌的人将那个时期想象成一个震惊巴黎的盛大的夸特扎特舞会①，那么他们是一无所知。我们是欢乐的艺术家，在越来越内行的大众中盛名在外。我们生活在一个真正的春天里，一个工作的春天、研究的春天、发明的春天，同时也是各类艺术融洽相处的春天，就像纳瓦尔②时期的长老胡同。在一个互助、宽容和纯正友谊的氛围中，所有人都向同一阵线前进，面向自由的道路。缪斯女神们亲密友

---

① 夸特扎特舞会(Bal des Quat'Zarts)：1892至1966年间由国立美术学院学生组织的一年一度的盛大舞会。
② 热拉尔·德·奈瓦尔(Gérard de Nerval, 1808—1855)，法国19世纪浪漫派作家。

善,前夜被我们遗忘的东西,我们小心地将其送回真正属于它们的地方:15岁的奥瑞克①经常拜访莱昂·布洛瓦并且颂扬后者,普朗克②追寻萨蒂③直到亚捷④深处,我们使得瓦雷里⑤不再籍籍无名,只有戏剧艺术还在大马路上呼呼大睡。画家创造了舞台装饰艺术,德兰⑥为马赛因作画。1920年,达律斯·米约⑦和我一起度过了夏天,我们住在胡安莱潘⑧唯一的一家旅馆——车站旅馆中,那是一栋供推销员住宿的小型膳宿公寓。为了不必返回郊区,拉迪盖睡在布朗库斯光滑的大理石块上。当另一个女设计师⑨在试衣时,勒韦迪⑩就在康朋街写诗。

浪漫主义曾经风靡过很长一段时期,以至于半个世纪后依旧尚有余温。然而,浪漫主义所推崇的那些大人物的生命力并不比1920年的大明星们更长久。这些1920年的明星们在70年代光辉依旧,从毕加索到奇斯林⑪,从普鲁斯特到圣琼·佩斯,从奥涅格⑫到萨蒂,那个年代的大师们的才华从未被人质

---

① 乔治·奥瑞克(Georges Auric,1899—1983),法国作曲家。
② 弗朗西斯·让·马塞尔·普朗克(Francis Jean Marcel Poulenc,1899—1963),法国钢琴家、作曲家,深受萨蒂的影响。
③ 埃里克·阿尔弗雷德·莱斯利·萨蒂(Eric Alfred Leslie Satie,1866—1925),法国作曲家。
④ 亚捷(Arcueil):法国市镇名,距巴黎市中心5公里。
⑤ 保罗·瓦雷里(Paul Valery,1871—1945),法国诗人、作家。
⑥ 安德烈·德兰(André Derain,1880—1954),法国画家。
⑦ 达律斯·米约(Darius Milhaud,1892—1974),法国作曲家。
⑧ 胡安莱潘(Juan-les-Pins):法国小镇名。
⑨ 另一个女设计师:此处应指可可·香奈儿,勒韦迪曾与香奈儿交往,康朋街为香奈儿公司所在地。
⑩ 皮埃尔·勒韦迪(Pierre Reverdy,1889—1960),法国诗人。
⑪ 莫伊兹·奇斯林(Moïse Kisling,1891—1953),法国画家。
⑫ 阿图尔·奥涅格(Arthur Honegger,1892—1955),瑞士作曲家。

疑。加布里埃尔·香奈儿曾令她的针织服装风行1915年的多维尔[1]，到了70年代，人们仍然穿着她设计的服装。市场证券的真正价值，真正的苏伊士集团[2]，真正的IBM公司，是前面提到的这些。非凡的人才拥有着英雄时代艺术家们的强健品质。圆球继续滚动，众多的木瓶被击倒，而1920年的天才们却没有一个倒下。

这是一种法国现象；如果要衡量当时巴黎的价值，只需在精神上畅游一番表现主义起源的柏林、赫胥黎[3]的英国、马拉帕尔泰[4]的罗马和戴亚的纽约。1925年将近时，我和门肯[5]、乔治·内森[6]、欧内斯特·博伊德[7]一家、卡尔·范·韦克滕[8]、沃尔特·瓦格纳和司科特·菲茨杰拉德在纽约的"阿尔冈昆"酒吧重逢。昨天（1970年）我旧地重游，这里的烤架和餐厅在咆哮的20年代[9]十分出名，而现在，我只看到往事的影子。从前，被生活的激情所席卷的美国朋友们会在暴风雨时刻在这里聊天，我发现那时候身在巴黎的我们比他们更幸福，或者说更理智。在

---

[1] 多维尔（Deauville）：法国诺曼底海边小镇，旅游胜地。
[2] 苏伊士集团（Suez）：法国跨国水务公司。
[3] 奥尔德斯·赫胥黎（Aldous Huxley, 1894—1963），英国作家。
[4] 库尔齐奥·马拉帕尔泰（Curzio Malaparte, 1898—1957），意大利作家、记者、外交家。
[5] 亨利·路易斯·门肯（Henry Louis Mencken, 1880—1956），美国记者、作家、评论家。
[6] 乔治·让·内森（George Jean Nathan, 1882—1958），美国剧评家。
[7] 欧内斯特·博伊德（Ernest Boyd, 1887—1946），美国作家和批评家。
[8] 卡尔·范·韦克滕（Carl Van Vechten, 1880—1964），美国作家。
[9] 咆哮的20年代：指北美地区的1920年代期间，被称为"历史上最为多彩的年代"。

第二章　检疫隔离屋

巴黎,多斯·帕索斯讲述当时我是如何让他和卡明斯①以及吉尔伯特·赛尔迪斯②在几个荒唐的夜晚后免于被人殴打。③

我打开来自《新法兰西评论》的信封,这是伽利玛出版社支付给我的第一张支票。我兴奋而局促不安,从来我只领取国家支付的薪水,我觉得自己背叛了国家,而不是摆脱了它。很多公职人员,比如莫泊桑和瓦莱里,都曾以这种方式生活,而且也被人们所尊重和接受。但是他们供职的不是战事、海运、财政、审计、矿藏、行政法院和外交之类的重要部门。为这些部门培养人才的学校制订以国家为信仰和准则的制度。会考,就像是进入艺术奖考试的单人画室。什么是会考,尤其是在当时？有一种规定仪式,恋爱特征和一种习惯法先行主宰其中;然而,如果不是通过会考进入,而是从省提拔、靠宣传或者靠政治手段,

---

① 爱德华·艾斯特林·卡明斯(Edward Estlin Cummings, 1894—1962),美国诗人、画家、评论家、作家和剧作家。
② 吉尔伯特·赛尔迪斯(Gilbert Seldes, 1983—1970),美国作家、文学评论家。
③ 1970年10月,为躲避一场秋天的暴雨,我躲进了凤凰剧院的咖啡馆。打开报纸,我看到了多斯·帕索斯的死讯。多斯·帕索斯年轻时宣称:"高唱《国际歌》是我的理想。"当时,他与海明威、司科特·菲茨杰拉德、福克纳齐名,萨特视他为那个时代最优秀的小说家。从1930年起,多斯·帕索斯反对罗斯福新政,他视第二次世界大战为一场巨大的灾难。"我们只能遗憾,一位如此成熟的作家居然可以接受这样狭隘的观点,我们只能慨叹20年代璀璨的星光如今却是如此黯淡……"(《先驱论坛报》,1970年9月29日)
"1929年,多斯·帕索斯与来自资本主义阵营充满敌意的批评开战。他的作品曾经产生重大影响,第二次世界大战让这位作家发生了实质性的改变……在改变政治立场的同时,多斯·帕索斯似乎也已经丧失了创造力。"(《费加罗报》,1970年9月30日)
昨天晚上,我收听了法国国际广播电台的"面具与笔"栏目:"尤内斯库居然还跟我们谈论多斯·帕索斯的死？十年前多斯·帕索斯就已经死了。"跟我观点前卫的朋友在一起真不幸。——原注

这样的人绝对不会被完全一视同仁。国家支付的薪水很少,但是这些钱具有其他的意义。这不是别人的钱,没被人碰过。10年间,国家每月发给我的6个金路易都是刚刚从法兰西银行取出来的全新的金币,至少到1918年仍是如此。

这种对国家的崇拜现在依然存在,但是现在的人们进入国家部门往往只是为了实习,然后便转身投入私营企业。个人利益发挥了作用,大使夫人与时尚使者之间的界限已然模糊。各种国际组织层出不穷,战略同盟的选择,侧面途径、宣传、新闻和文化专员对政府机要部门产生了影响,继而有可能改变了管理人员的思想,正如我所了解的。

巴黎的生活,动荡不安的大海越过巴黎的各个阶层,一点一点拭去人们对这条不成文的法规的敬意,一点点放松了维尼[①]时期对公务员道德上与工作上同等严格的要求。突然在书店的橱窗看到自己的名字,让我感觉仿佛身在异邦。这是政府长期奉为黄金法则的完全匿名政策的终结。最后一战的前夜,我回到"办公室",我旧时的故乡,12年前我留在此处的一切都已无迹可寻。不论是现在的政策、1936年后的工会精神、服务的理性化还是巴黎高师毕业生的进入,这都已经不再是完全一样的核心了。我偶尔会在维希[②]的旅馆客房里看见往昔遗落的最后一点痕迹。

我相信尽职国家的伟大公仆跟以前一样多,可能更多,因

[①] 阿尔弗雷·德·维尼(Alfred de Vigny,1797—1863),法国诗人、小说家、戏剧家。

[②] 维希(Vichy):法国城镇名。

为国家变小了。他们肯定会适应法国的。

而我只对地球仪上的法国怀有感情。

1925 年
道路之爱

有一张经常被翻印的照片，照片上是"六人团"的音乐家、瓦伦汀·雨果①和我本人。我们在王座游园会②集会照相布景的其中一艘画舫上，我斜靠在舷墙上呕吐，瓦伦汀扶着我的脑袋。这场景正是我 1925 年那时的真切感受，战后的生活突然让我很想呕吐。

在巴黎，我会变成一名"国际化的巴黎人"，正如弗拉芒克③在他的《死前的肖像》中所描绘的那样。在我们的青年时代，杜佛路的"屋顶之牛"④就已经搬到了市郊的住宅区。我们身后是各种各样的新生事物：黑丝绒的沙发、蓝色脖颈、斑马纹地毯、俄罗斯小酒馆、艳女们的大网眼长筒袜、钩形和银光闪闪的指甲、切分音符、修过的眉毛。所有这些如今都被凡·东恩⑤从巴黎带到了外省，这些在外省也深受欢迎。巴黎啊，这是一座生

---

① 瓦伦汀·雨果(Valentine Hugo, 1887—1968)，法国画家。
② 王座游园会(Foire du Trône)：在巴黎第 12 街区举行的一年一度的游园会。
③ 莫利斯·德·弗拉芒克(Maurice de Vlaminck, 1876—1958)，法国画家。
④ 屋顶之牛(Le Boeuf)：指巴黎的"屋顶之牛"酒吧。
⑤ 凡·东恩(Van Dongen, 1877—1968)，荷兰画家。

活荒谬的城市,这里的生活方式,让那位凯瑟琳·曼斯菲尔德①投入了葛吉夫②充满魅力的陷阱之中。这是一种逃避,逃避各种各样的出路和各种各样的信仰,虚假的皈依,暂时的剃度,天堂的反面,保镖的使用。巴黎在道德上失去了对世界的控制,而这个控制权永远也无法追寻了。蒙帕纳斯的"圆顶餐厅"③不再是圆球。逃避之后,是解救!自那时起,我们的赠阅本上写着:"来自不在巴黎的作者。"从此以后,我就"一心沉醉于旅行了"。

在曼谷,我仿佛又来到了威尼斯:是水,还是陆地?"陆地的地势低得好像是奇迹般地从大海中逃脱出来,"(舒瓦齐)神父④如此写道。泰国当时还叫暹罗,仍然戴着圆锥形皇冠。配备50名桨手的镀金小船,跟瓜尔迪时代威尼斯泻湖上的小船一模一样。水上的柚木排和运送稻米的舢板让我想起了闲散的布伦塔女人手中的果篮。暹罗人用干棕榈叶建造的茅屋,就像原始威尼托人的草棚,皇家玉佛寺的舍利塔就是马可·波罗时代的威尼斯,如吸血蝙蝠一般扬帆航行的小船在船头也有一个眼环结,跟马拉莫考⑤的渔船一样。

---

① 凯瑟琳·曼斯菲尔德(Katherine Mansfield,1888—1923),英国小说家。
② 乔治·葛吉夫(George Gurdjieff,1866—1949),亚美尼亚思想家、哲学家、作家、舞蹈家、音乐家。
③ 圆顶餐厅(La Coupole):位于巴黎蒙帕纳斯,具有百年历史,是20世纪法国艺术家经常聚集的地方。
④ 舒瓦齐神父(l'abbé de Choisy,1644—1724),法国作家。
⑤ 马拉莫考(Malamocco):意大利港口。

1926 年

菲利普·白德洛的衰败令我沉思,他是个真正的竞技者,什么都想尝试一番。他在国家事务上与普恩加莱唱对台戏,在网球场上与吉罗杜一比高下,他驰骋于巴黎的赛马场,他了解巴黎的各种紧急集合,他出入歌剧院和吕涅·波的作品剧院,他了解行政秩序和斯图埃尔的精神无政府主义,他与危险人物来往,他穿梭于上流社会①,时常外出旅行长达两年。他还写过一首以"omphe"为韵脚的十四行诗。无论是雨果的作品,还是自赛马骑师俱乐部成立以来所有的良驹登记簿,他都了然于心。在俱乐部,他的身体受到了损伤(他不睡觉),道德也受到了影响(他看不起所有非亲非友者)。我知道我们不能在为国家服务的同时尽职他者,对我们来说不存在第二职业,国家要我们全心全意地爱它,所以我们必须做出选择:我选择幸福,选择自由的道路和已经逝去的时间,也就是我赢得的时间。我重又踏上前往威尼斯的道路。

威尼斯不过是一条主线,它贯穿于一场常常陷入长久寂静的演讲。它不时被各个国家占领,正如这些国家也曾将我征服:我在瑞士待了 25 年,丹吉尔②和西班牙 10 年,英国 8 年,更不用说巴黎了。

---

① 他来者不拒,6 只蓝色安哥拉猫在餐桌上的碗碟间漫步。——原注
② 丹吉尔(Tanger):摩洛哥北部城市。

巴雷斯写道:"我的存在与威尼斯的存在有众多的一致之处。"为了表达这一点,我的标题没有巴雷斯的那么引人注目,但是我献给威尼斯的时间足以让我有权利说这句话。纵观我的过往,只有威尼斯和巴黎经历漂浮不定,却从未终结。

布伦塔河
1925—1970 年

多少次,我在最后一战打响前踏上布伦塔河畔的小道,奔向威尼斯帕多瓦附近的阿尔巴诺温泉浴室!一到上午 9 点就结束的泥浆浴令我生厌,将我从欧若罗吉奥的卧室赶到威尼斯,我在那儿有一间起居室。那时候威尼斯与大陆之间的交通并不频繁,而今天的帕多瓦已成为威尼斯的一部分,将威尼斯延伸到维罗纳和维琴察。旅行大客车、普尔门式客车和长途汽车每半小时往返于艾雷米特尼教堂①和罗马广场②之间,它们绕着泻湖跑得比火车还快。过去的帕多瓦是一座沉睡的外省城市,而现在它已成为一座重工业城市。它躁动不安,排放出大量废气,整日笼罩在碳氧化合物中,其间还混杂着梅斯特雷石油提

---

① 艾雷米特尼教堂(Eremitani):位于帕多瓦。
② 罗马广场(Piazzale Roma):威尼斯车站名。

炼厂排出的令人恶心的气味,让人想起马拉开波①和圣阿德雷斯②。

如果不想走高速公路,我们还可以走水道。布伦塔河的五六个船闸都向波切诺小艇③开放,从圣马可广场开始,海滨西岸的富西内④可供停靠,可以不用从梅斯特雷和马尔盖拉港⑤上岸,那里的拱顶都是灰黑色的。过去,波切诺是唯一的交通工具,蒙田、德·布罗斯议长、歌德和卡萨诺瓦也只坐波切诺。卡萨诺瓦《回忆录》的开篇便是一段极其优美的驳船描写,科雷尔博物馆⑥还保存了一艘当时的驳船模型。那是一艘小艇,舱门上挂着镜子,画了画,墙上支着蜡烛,戴着面具的游客在船头闲聊,船夫则在船尾撑船,舱顶是一个带围栏的长廊,里面放着行李和被褥(参见《维也纳提埃坡罗的画》)。

富西内让我们想起科明尼斯⑦著名的一段话,一段用法语书写,最为朴实可能也是最古老的关于威尼斯的评价。我一直对这段话抱有强烈的兴趣,所以在这里援引这段话:

"我前往威尼斯的那天,他们到富西内接我,那里距威尼斯五公里远。在富西内,我们丢下从帕多瓦沿河乘坐而

---

① 马拉开波(Maracaibo):委内瑞拉城市。
② 圣阿德雷斯(Sainte-Adresse):法国城市。
③ 波切诺小艇(Burchieuo):威尼斯地区游艇。
④ 富西内(Fusine):意大利镇名。
⑤ 马尔盖拉港(Porto Marghera):意大利港口名。
⑥ 科雷尔博物馆(Musée Correr):位于威尼斯。
⑦ 菲利普·德·科明尼斯(Philippe de Commynes,1447—1511),法国作家,曾任法国驻威尼斯大使。

来的小船，改搭几艘十分干净的小艇，艇上铺着挂毯，舱里铺着漂亮的丝绒地毯……海面水平如镜……我们在水中看到了威尼斯和大房子。"

布伦塔河已不再是那条夏日河流了，来自阿尔卑斯山的河水曾为威尼斯避暑者送去清凉。河边没有树木，只有挂着破衣烂衫的棚屋。河水呈橄榄油色，水面漂浮着几只鼓得发胀的死猫、几个破箱子和破罐子。高压线铁塔和电线就是覆盖新意大利的稠密植被。几只鸭子挣扎着在塑料瓶间游泳，这些瓶子就是今天的睡莲。接着是几棵柳树，我们明白了它们为什么哭泣，还有几棵芦苇，像是贝尔萨格里兵团[①]帽子上的小公鸡羽毛。斑驳的平旋桥高傲地耸立在水面上，不时地向今日的波切诺张开它们的金属臂膀。这些可搭乘 50 人，全身喷漆，装配着镀铬部件，悬挂着小三角旗的汽艇与它们的祖先（德·布罗斯口中"布森陶尔风帆战船[②]的子孙"）已毫无相似之处了。当人们偶尔将它们忘记在船闸尽头时，它们就会不耐烦地嘶叫、鸣笛。

以往的冬天，威尼斯人会进城过冬。那是狩猎后的 11 月份，布拉风开始从格拉帕山[③]高处呼啸而来。舞会和社交生活一直持续到来年 6 月，然后人们回到布伦塔河或是尤根尼恩群山[④]中帕拉迪奥式的别墅中。从 16 世纪起，布伦塔河就备受青

[①] 贝尔萨格里兵团（bersaglieri）：1836 年创立的意大利军团，后成为意大利皇家军队。
[②] 布森陶尔风帆战船（Bucentaure）：法国 1803 年到 1805 年间使用的风帆战船。
[③] 格拉帕山（Grappe）：位于意大利。
[④] 尤根尼恩群山（Monts Euganéens）：位于意大利。

睐，每个贵族家庭都在那里拥有至少一座别墅，皮萨尼家族的别墅甚至多达五十座。康塔里尼家族位于皮亚佐拉①的豪华别墅里有五架管风琴，两座可分别容纳五辆四轮大马车迎面行驶的剧院，一个湖泊，还有足以招待150位客人及其仆从的房间。

14、15世纪的早期雕刻向我们展示了筑有雉堞、没有窗户和楼梯的坚固房子。两三个世纪后，人们的住宅就已完全不同了，雷佐尼科宫②里提埃坡罗和隆吉的画以及帕帕多坡里③画廊中的乡间风景画为我们描绘了这些住宅。倦怠、音乐、午后小憩，女士们喋喋不休，周旋于丈夫和男伴之间，身边围绕着一大群朋友、食客和古钢琴演奏者。这些人全都死死盯着餐桌，桌上堆成金字塔形的锡餐具正等着上菜。

曾经游览过的上百座别墅，我不知道它们现状如何，情形应该都差不多。野草丛生的铁栅门已无法打开，方尖碑和石神像簇拥的壁柱顶上长满了苔藓。那些出卖地皮、降低地价、居住在这里的人们都留下了什么呢？只有斯特拉④的皮萨尼别墅因为有国家养护，将来尚有所保障。然而韦尼耶普塞克大厅和画着错视画的顶棚、卡萨维德曼宅院的客厅和顶棚、巴尔巴里加别墅的中国工艺品、丘斯蒂尼亚尼别墅的游戏厅、格里马尼别墅的朱诺大厅，所有这些阿尔米德⑤花园，《寻爱绮梦》中的花

---

① 皮亚佐拉（Piazzola）：意大利帕多瓦地名。
② 雷佐尼科宫（Rezzonico）：位于威尼斯，现为威尼斯十八世纪博物馆。
③ 帕帕多坡里（Papadopoli）：威尼斯地名。
④ 斯特拉（Strà）：意大利城市。
⑤ 阿尔米德（Armide）：意大利诗人塔索（Le Tasse）叙事诗《耶路撒冷的得救》（la Jérusalem délivrée）中的女主人公。

园,所有这些我所熟悉的住宅奇景,有些三个世纪以来完好无损,有些却摇摇欲坠？别墅里淡绿色或浅粉色的客厅从头裂到了脚,里面堆满了犁、生锈的耙和小推车。因为潮湿和破旧,天花板上的画大块大块地脱落,落进小推车中,那里面是委罗内塞的女神,还是提埃坡罗小步舞曲的舞蹈家？

以前我过于喜欢帕拉迪奥了(单一的食物可能会让人消化不良)。他对古代艺术的独裁持续了三个世纪,从斯德哥尔摩到布伦塔河,从里斯本到圣彼得堡,希腊神殿庄重的正面与方砖结合在一起,有时会激发想象。加布里埃尔的全部天资加上沃吉哈赫石①这种除潘德里克大理石②之外世界上最漂亮的石材,才能让我们远离对新古典主义的厌倦。

马尔康坦塔别墅

系着缆绳的私家贡多拉在我们的途中忧郁地晃动着铁皮船首,我们惊扰了它们的梦。波切诺停靠的第一幢别墅是马尔康坦塔③,别墅名称如何而来已不得而知,可能是因为拥有这幢别墅的佛斯卡利家族曾将族中一个行为不端的女人幽禁于此,也可能是因为当地居民曾对有损健康的供水不满。

我好不容易才认出这幢别墅,它笼罩在长势良好的漂亮的

---

① 沃吉哈赫(Vaugirard)石：产自巴黎沃吉哈赫区地石材。
② 潘德里克(Pentélique)大理石：一种产自希腊的石材。
③ 马尔康坦塔别墅(Malcontenta)；位于威尼托,最精美的帕弟奥氏别墅之一。

意大利杨树的树荫中。记忆中的马尔康坦塔别墅一直是一幢凄惨孤独的住宅，当我再见到它时，它一览无余，被草坪环绕。它是如此美丽，外形完好无损，清贫和孤寂让它更显优雅，正如1560年以来几个世纪的遗忘，使它远离一切，孤立在一片荒芜中，成为盗贼和劫匪经常出入的地方。

巴尔扎克曾将这座别墅作为小说的背景，马西米拉·多尼在这里牵着英俊的埃米利奥①的手。马西米拉藏身泻湖和大山间，为她那位举止太过恭敬的情人哀叹……巴尔扎克，他曾熟悉布伦塔河吗，还是他像洞悉人情世故一样本能地理解大自然？他笔下的帕拉第奥宫殿精确得就像执达员手中的记录，我们称之为执达通知。

1928年左右，卡特琳娜和贝尔迪发现马尔康坦塔别墅的状况就像在1848年的围攻中被奥地利炸弹轰炸讨一般。贝尔迪决定买下别墅并进行修复，这可能是一辈子都完成不了的事。别墅被遗弃在一片玉米地里，四周是只剩树桩的柳树。它被死水环绕，俯视着平缓的布伦塔河。就跟伊松佐河、明乔河、阿达河还有塔利亚门托河②一样，布伦塔河开始时是一条激流，从阿尔卑斯山高处奔腾而下使它精疲力竭，临近泻湖时就只剩下一口池塘了。河水暗淡无光，颜色如同废弃用油，泛着铁锈色的光，好像难以抵达梅斯特雷。河岸泥浆干裂，桥梁在水中没有

---

① 马西米拉·多尼（Massimila Doni）、埃米利奥（Emilio）：巴尔扎克小说《马西米拉·多尼》中主人公。
② 伊松佐河（Isonzo）、明乔河（Mincip）、阿达河（Adda）、塔利亚门托河（Tag lia-mento）都为流经意大利的河流。

倒影。干巴巴的水面结成一股难以名状的糨糊，没有风可以将之掀起一点涟漪。古老的地图描绘了布伦塔河的流域：像其他白云质河流一样，布伦塔河构成了一只章鱼的触角，这条章鱼正紧紧勒住威尼斯。

贝尔迪是一个充满激情的爱好者，但他没有资金。他凭着毅力将他的被褥、几张巴西吊床和几个亚马逊高原的帐篷拖到了马尔康坦塔。卡特琳娜是个不知疲倦、严肃而善于决断的人，她孜孜不倦于细碎的事情，尽心尽力帮助贝尔迪。别墅中的四座大厅交汇于一个拉丁十字架的中心，我们就在那儿的一张乒乓球桌上吃饭，桌子上放着里亚尔托沉甸甸的各式水果，装在从跳蚤市场买来的彩陶中。卡特琳娜是维托里奥·卡佩罗的后代，同时也是个拾荒者，我们吃饭时她就忙着修复别墅。

马尔康坦塔的聚会有点像柏拉图《会饮篇》中的场景，也有点像德廉美修道院①中的场景。在几幅画着黄色或淡粉色软草帽的画后，客人们穿过装饰假门重返往昔。屋子里没有家具，只有几把编制椅子和几个箱子。（昨天我匿名参观了别墅，认出了几幅18世纪的巨幅世界地图，甚至还有一副贝尔迪的肖像画。）

吃完饭后，客人们仍将餐刀留在手中，因为要用它来刮墙，寻找涂层下"委罗内塞的壁画"。不久前人们不是在附近的玛格纳多拉别墅找到几幅吗？我回想起荷西·玛利亚·赛特，他

---

① 德廉美修道院（Labbaye de Théléme）：法国作家弗朗索瓦·拉伯雷（François Rabelais，约1493—1553）长篇小说《巨人传》中描写的修道院，唯一的院规为"做你愿意做的事"。

懒洋洋地倒在一张没有弹性的安乐椅上,他的两个妻子,米西亚[1]和鲁西[2]围着他,躺在他的脚下。我想起佳吉列夫,从染过的头发中冒出一缕白发,戴着一只垂着饰带的单片眼镜。他端详天花板的样子,就像杜米埃[3]的版画《天花板爱好者》,里法[4]和科什诺[5]则在刮墙上的石灰。卡特琳娜动员了她的孩子和她过去的、现在的、未来的情人,她有办法让他们生活在一起。每当粉刷层上出现刮痕,她就嚷嚷着发现委罗内塞了。隐藏的巨幅壁画最终出现了,但不是伟大保罗的,不是最崇高的保罗的作品,而只是泽洛提[6]的《曙光客厅》和佛朗科的《费莱蒙和鲍西丝》。几年后我又见到了修复后的这两幅画,它们就跟亨利三世这位身不由己的国王在1574年7月17日参观马尔康坦塔时所见到的一样。那一天是威尼斯历史上最华丽的节日,凯旋门由委罗内塞和提香绘制,限制奢侈法趁此机会被废除,贵妇和交际花身后跟着女仆,手中抱着女主人25公斤重的珍珠。这是文艺复兴转向巴洛克的时期,在《威尼斯共和国历史》中,达鲁[7]为我们描绘了在帕拉迪奥为亨利三世所建的凯旋门下,身穿威

---

[1] 米西亚·塞特(Misia Sert,1872—1950),波兰女钢琴家,荷西·玛利亚·赛特的第一任妻子。
[2] 伊莎贝拉·鲁西·穆迪瓦尼(Isabelle Roussadana Mdivani,1906—1938),女雕塑家,荷西·玛利亚·赛特的第二任妻子。
[3] 奥诺雷·杜米埃(Honoré Daumier,1808—1879),法国画家、版画家、雕塑家。
[4] 谢尔盖·里法(Serge Lifar,1904—1986),法国芭蕾舞舞蹈家,编舞者。
[5] 鲍里斯·科什诺(Boris Kochno,1904—1990),俄国作家、剧作家。
[6] 乔瓦尼·巴蒂斯塔·泽洛提(Giovanni Battista Zelotti,1526—1578),意大利画家。
[7] 皮埃尔·达鲁(Pierre Daru,1767—1829),法国政治家、作家、翻译家,曾任拿破仑的军事行政官兼后勤部长。

尼斯议员服的国王。渡船上的玻璃工人在年轻国王面前吹制玻璃，这位国王23年来都惊叹于一头鼻子喷火的海怪①。亨利三世对穆拉诺的工人十分满意，他在镜子和吊灯上耗费巨资，使得这个行业的人高贵起来。为了购买这些玻璃制品，他向威尼斯共和国借了十万埃居，教皇因此说道："这些钱威尼斯人是再也见不到啦。"不要去远方寻找这位胜利的亨利三世，后来他就在雅克马尔·安德烈博物馆②，奥斯曼大道已经为您准备了马尔康坦塔之旅。

马尔康坦别墅里住过十几个传奇人物，除了让-路易、里法和科什诺，其他人都不在世了，他们穿过客厅的装饰门，永远地离开了。米西亚（"20岁那年，我在她父亲、雕塑家格代布斯基③家中见到了她，"我父亲说，"她像一头美丽的豹子，蛮横、残暴而浅薄"），并不像她那差劲的《回忆录》所重新塑造的那样，而是她原本的样子。她因喜悦或狂怒而激动，她会创作也会借用，她得到了许多天才的青睐，每一个都钟情于她：维亚尔④、

---

① 据桑索维诺所作的几幅画，我们知道了在大议会大厅举行的一次三千人宴会上，餐刀、叉子、桌布和餐巾是糖制的，餐桌中央的器皿、总督的雕像、行星和动物也是糖做的。——原注

② 雅克马尔-安德烈博物馆（musée Jacquemart-André）：位于巴黎第八街区奥斯曼大道，是法国收藏家爱德华·安德烈（Édouard André）和他夫人奈莉·雅克马尔（Néue Jacquemart）的毕生收藏。

③ 西普里安·格代布斯基（Cyprien Godebski，1835—1909），波兰雕塑家，米西亚·赛特的父亲。

④ 让-爱德华·维亚尔（Jean-Édouard Vuillard，1868—1940），法国画家。

柏纳尔、雷诺阿、斯特拉文斯基①、毕加索……她收藏爱情和玫瑰石英盆景。她的奇思异想一出现就会成为风尚，这些风尚会立刻被追随者接受，被装饰师采用，被新闻记者报道，被全世界没头脑的女人们效仿。米西亚是现代的怪异女王，在古怪、珠光宝气和布尔高式的生活中度过了一生。米西亚，她爱赌气、虚伪，正如普鲁斯特所言，她把互不相识的朋友聚在一起，为的是"以后更好地破坏他们的关系"。米西亚长于背信弃义，精于残忍暴戾，菲利普·白德洛也说不可以把自己喜欢的东西托付给她。"猫来了，藏好您的鸟儿"，在米西亚按响他家门铃时，他又一次说道。在伏尔泰堤道②她那间古怪的店铺里，她鼓动天才的样子就像一些国王捏造胜利者，他们只要动动身子，不动声色地挥动一下榛树枝就可以了。米西亚强大得好像生命都被钉在了她身上，她贪婪，大方，挥霍百万，她是个骗子、强盗，令人难以捉摸，她充满商业头脑，她比维尔迪兰夫人本人更像维尔迪兰夫人③，只需一眼，就知道应该尊重还是蔑视眼前的男女。米西亚属于象征主义的巴黎，属于野兽派的巴黎，属于大战时期的巴黎，属于凡尔赛和平时期的巴黎，属于威尼斯的巴黎。米西亚就像一只有软垫的沙发，如果你想在上面休息，这个沙发可能会把你送进地狱。米西亚不会满足，即便敏锐的眼中露出笑意，却还是会撅起嘴巴。

---

① 伊戈尔·菲德洛维奇·斯特拉文斯基（Igor Fedorovitch Stravinsky，1882—1971），俄国作曲家、指挥家和钢琴家。
② 伏尔泰堤道（quai Voltaire）：位于巴黎塞纳河畔。
③ 维尔迪兰夫人（Mme Verdurin）：《追忆似水年华》一书中的人物。

在这位恶心的贪食者家中,厌恶伴随着狂喜,是是非非,如同电闪雷鸣,跟她在一起,干什么都得抓紧。

1929 年

在威尼斯,人们站在住宅的水门口,把脚摆在门槛上来展示他们的生活。"滑行的城市",D. H. 劳伦斯①这样评价这座城市。我在佳吉列夫去世的第二天到达那里,重温了这位天才经理人的一生,对他而言,热爱艺术便是生活的唯一。他不仅仅是个经理人,还是个地下水源勘探者,具有电磁铁一般的天赋,他的聪明才智难以掩盖他敏锐的发现力。他的秘诀在于他只考虑让自己开心,只寻求十二位朋友的赞同:毕加索、斯特拉文斯基、里彭夫人②、米西亚……他对流行的风尚毫不在乎,也不会透过幕布的口子向外窥视。他一向身无分文,恐怕只有梦游症才能解释他的轻率鲁莽、他对障碍的无视、他疯狂的即兴作以及他注视首席女星的眼神(《彼得鲁什卡》③的终曲舞蹈可是在启幕前十分钟最后彩排时设计出来的)。

从 1904 年俄罗斯帝国剧院经理沃尔康斯基王子④与这位

---

① 大卫·赫伯特·劳伦斯(David Herbert Lawrence,1885—1930),通常写作 D·H·劳伦斯,英国作家。
② 里彭夫人(Lady Ripon,1833—1907),英国政治家乔治·罗宾逊(George Robinson,1827—1909),即里彭侯爵的妻子。
③ 《彼得鲁什卡》(Petroucka):斯特拉文斯基作曲的芭蕾舞剧。
④ 谢尔盖·沃尔康斯基(Sergei Volkonsky,1860—1937),俄国王子。

年轻的编舞家分道扬镳,指责他在《希尔薇亚》①中掺入了"太多的个人想法",直到谢尔盖在威尼斯去世,我一直在回想他一生的命运,他是革命者也是古典主义者,他在舞蹈中戏耍,他来到巴黎是为了在这里播下莫斯科的种子:绘画、音乐,然后是歌曲和舞蹈。作为一名俄罗斯芭蕾的普通捍卫者,我一抵达圣拉扎尔车站②就前往夏特莱剧院或者巴黎歌剧院,占据顶层的楼座。佳吉列夫就像小鹿钻进森林一般钻进了我的过往,正如猎人们说的那样,"我又见到他了",谢尔盖啊,多少次"我又见到他了"! 从1910年的夏特莱剧院,到1913年的伦敦,我认识了春风得意的佳吉列夫。四年后,当我在西班牙再见到他时,他已穷困潦倒(他从未富有过)。偶尔会有暴风雨来干扰,比如后宫剧演得正精彩的时候,旧制度的殷勤礼节就会被观众喝倒彩,但他并不畏惧。俄国人的外形下面,总是沉睡着中国人……他表面上是个世界主义者,但灵魂深处还是俄罗斯人,到处重构末世论和永恒俄罗斯的拜占庭氛围。顶峰、毁灭、债务、迫害,他广受喜爱的团队被缝进袋子扔进了博斯普鲁斯海峡③。他让尼金斯基与福金竞争,让巴克斯特④与贝努瓦⑤抗衡,让里法与马赛因一比高下。他的生活中充斥着香槟酒,让人兴奋发狂的

---

① 《希尔薇娅》(*Sylvia*):由法国作曲家莱奥·德利布(Léo Delibes,1836—1891)作曲的芭蕾舞剧。
② 圣拉扎尔车站(Saint-Lazare):位于巴黎。
③ 博斯普鲁斯海峡(le Bosphore):位于黑海与马尔迈拉海之间。
④ 莱昂·巴克斯特(Léon Bakst,1866—1924),俄罗斯画家、芭蕾舞服装设计师。
⑤ 亚历山大·贝努瓦(Alexandre Benois,1870—1960),俄罗斯画家、舞台装饰家、艺术史学家。

电报、美食与干面包,以及幸福的承诺和自杀的威胁,最终,十道禁止食用的菜肴治好了他严重的糖尿病。这就是谢尔盖,一个痛苦的刽子手。1929年不仅是他去世的日子,还是得以豁免的美妙日子,是舞步获得某种自由的日子,是比快乐本身更加快乐的日子。这是游侠骑士制度的终结,一个小团体成员间秘而不宣的融洽关系的终结……这个小团体并不存在。大战期间,佳吉列夫被禁止在法国居留,甚至在中立国也成了可疑分子,直到他获得阿方索十三世①的喜爱,他向阿方索盛赞当时为《巡游》②作背景画的年轻画家毕加索。1980年春天,我们每天都在马德里大旅馆一起用早餐。马赛因为了去巴塞罗那学习西班牙舞蹈而离开了他,他的密友只剩下我了。我听他诉说一连串离奇的倒霉事:芭蕾舞团的布景和服装是如何在加的斯③前葬身大海——那是一场憨第德④式的海难,从海难中抢救下来的布景和服装又是如何在南美的一场大火中付之一炬,克列孟梭又是如何对他封锁国境的。(这一次,米西亚没能帮他弄到签证,菲利普·白德洛已经失势,而米西亚还没有征服曼德尔⑤。)1920年佳吉列夫又在巴黎安顿下来,他已经有时间欣赏新绘画,他挑选了最好的画,毫无差错,他从不让任何一个源泉干涸。

1929年8月19日,在我抵达的前几天,由威尼斯船队组成

---

① 阿方索十三世(Alphonse XIII, 1886—1941),波旁王朝的西班牙国王。
② 《巡游》(Parade):由埃里克·萨蒂作曲的芭蕾舞剧。
③ 加的斯(Codix):西班牙临海城市。
④ 憨第德(Candide):法国作家伏尔泰小说《老实人》中主人公。
⑤ 乔治·曼德尔(Georges Mandel, 1885—1944),法国记者,政治家。

的漂浮灵床将魔术师的遗体送往圣米歇尔葬礼小岛。里法扑向坟墓。每当我看到一列前往圣·米歇尔岛的葬礼船队经过,葬礼主人立在船尾船夫的身后,助手站在船首,当船队靠近银光闪闪的圣马可广场上那只将悲伤掩藏在它展开的翅膀下的飞狮时,我就想起佳吉列夫的永眠,这个不知疲倦的人。

死亡没有平息佳吉列夫所处的风暴,他不可调和的激情曾因他的垂危而不得不暂时停息,但他一咽气这个平静就被打破了,两个夜间看护他的朋友马上在床尾扑向对方。我有他弥留之际在场的三位女士,米西亚、香奈儿和埃米尔·艾尔朗根男爵夫人的叙述。

正如 1816 年 11 月 25 日拜伦从威尼斯写给莫瑞①的信中所说的那样:"在世界的这个角落,爱情并不是一件容易的事。"

1929 年

环境发生了一些改变:丽都岛上的小屋变得不计其数,这些小屋是社会声誉的表现,就像司汤达时代斯卡拉大剧院②的包间一样。法兰西学院的铁桥装上了一身木脚手架,是卡巴乔或者贝里尼的风格。法兰盖提宫③开放了一片草坪。

---

① 约翰·莫瑞(John Murray,1778—1843)英国出版商,也是拜伦的好友,莫瑞出版社由其父亲创立。
② 斯卡拉大剧院(Scala):位于米兰,建于 1778 年。
③ 法兰盖提宫(Falais Franchetti):位于威尼斯,现为美术馆。

我不在那里的时候,美彻丽雅的自动敲钟机械人"摩尔"们,不断敲着钟,把胳膊都敲僵了。

圣拉扎尔岛

自从丽都岛与圣特罗佩①不相上下后,丽都海滩与一链②之外的圣拉扎尔岛③的反差就更强烈了。酷暑的折磨之后是安宁的祷告,在这个像念珠一样重复的隐修院的中央,玉兰树下的每个小时都是享受。东正教教士被土耳其人驱逐出坎地亚岛来到这里,威尼斯共和国把这座小岛赠给了他们。他把这里变成了庇护所,远离去了毛、烤焦的鸡腿,远离用红外线烤熟的鸡背。不久前,一个亚美尼亚资助者为修道院修建了一个带有空气调节设备的八角形建筑用来保存手稿,它有教堂的穹顶那么大,一个伟大文明的所有遗物都在这里了。文明啊,我们不知道您居然要屈居于一个不足国家图书馆阅览室一半大的小厅子中!亚美尼亚的宗教仪式与东正教一样已经意识到神秘的重要性:主祭被帘子隔开(这是一幅金线编织的丝绒帘,是已故的意大利皇后玛格丽特所赠)。司铎三次从信徒眼前消失:分别是祝圣时、领圣体前和领圣体后。上帝在这里取胜了。

我已有半个世纪没有踏上亚美尼亚人的土地了,对一个如

---

① 圣特罗佩(Saint-Tropez):法国南部沿海城镇名。
② 链(encablure):旧时计量单位,约合 200 米。
③ 圣拉扎尔岛(San Lazzaro):位于意大利东北部。

此古老的文明而言，这不过是一瞬间。柏树已经长大，被海风吹成了棕红色。东正教教徒们（流星般的花白胡子色调）（拜伦语）头发白了，他们的墓地增加了一倍。东仪天主教的这种礼仪介于东方和西方、天主教信仰与东正教之间，就像威尼斯和我自己。17世纪，摩洛希尼①在毛利战败后在这里获得了庇护。圣拉扎尔岛庇护着身穿黑色外套的修道士，它与维也纳、埃奇米阿津②一起成为了一个出色的拜占庭学习中心。拿破仑关闭修道院，却尊重这些威尼斯隐修士，是想把这些人留下来完成他的东方梦吗？

我感激他们最先在西方引进了安哥拉猫。

普鲁斯特在亚美尼亚人修道院

拜伦每周三次从威尼斯划船前往圣拉扎尔岛，他在那里学习亚美尼亚语。来访者登记本上，他在名字后写着：拜伦，英国人。（他看不起英国，但身在国外时却以它为荣。）1900年春天，普鲁斯特在登记本上写下了他的名字。他不是一个忧伤的流亡者，没有在名字后加上"法国人"三个字。

似乎有点不可思议，直到1919年年底，普鲁斯特还难以在报纸上开辟威尼斯专栏，他只是谦卑地希望"专栏会被接受"。

---

① 弗朗西斯科·摩洛希尼（Francesco Morosini, 1619—1694），1688—1694年间任威尼斯总督。

② 埃奇米阿津（Etchmiadzin）：亚美尼亚共和国城市名。

终其一生，他都向往着威尼斯。他说他希望大战结束，他的作品也完成时，可以和沃杜瓦耶或者和我重游威尼斯。他像他祖母一样，从孩提时代起就远远地向往着威尼斯，只是他祖母从未去过那里。9月初，当他在埃维昂①消磨秋天时他想念着威尼斯，这时的莱蒙湖沾上了伦巴第柔和的音调，好像走进了博罗美群岛。被辛普伦隧道勉强隔开的莱蒙湖曾经无法跨越，现在却轻而易举便可越过或者穿破。一样的夏季宫殿，湖滨一样的清新，早晨汤盘里的葡萄酒奶汁鳟鱼汤也是一样的颜色。

普鲁斯特肩负威尼斯的使命（不仅仅只是嘉布遣大道②"威尼斯狂欢节"店里的领带，夏尔·阿斯③就在那里为自己置办领带）。他寻思着该如何逃离世界博览会④，身体这么差，怎样才能孤身一人抵达魔力之城呢？他需要一个同伴，但他没有找到。一封写于1899年10月的信不过是他对威尼斯的一声呼喊。伊曼纽尔·比贝斯库和安东尼·比贝斯库，还在等什么呢？为什么不给普鲁斯特当导游呢？他们的叔叔，那个伟大的音乐家不是如此频繁地在阿姆庇昂⑤的别萨拉巴别墅接待普鲁斯特吗？意大利不过三个小时的路程……1900年5月初，普鲁斯特得知雷纳尔多·哈恩⑥和他的堂姐玛丽·娜德林根正在罗马，而且将要前往威尼斯。普鲁斯特再也待不住了，决定让普

---

① 埃维昂(Évian)：法国海滨城市。
② 嘉布遣大道(Capucines)：巴黎一连串的四条东西向大道之一。
③ 夏尔·阿斯(Charles Haas，约1833—1902)，花花公子，因成为《追忆似水年华》中夏尔·斯万的原型之一而出名。
④ 1900年的世界博览会。——原注
⑤ 阿姆庇昂(Amphion)：法国地名，靠近莱蒙湖。
⑥ 雷纳尔多·哈恩(Reynaldo Hahn，1874—1947)，委内瑞拉裔法国作曲家。

鲁斯特夫人陪他去威尼斯。一到米兰，普鲁斯特夫人就在火车上给他翻译罗斯金的作品……

七星文库版《追忆似水年华》的索引上百次提到威尼斯。我们在其中追随普鲁斯特对威尼斯这座最终被他征服的城市的陶醉之情，他忘记了这座城市里可怕的疟疾，这表明圣马可的光辉震惊了这个年轻人，而这个年轻人也令他的母亲感到惊讶，因为他居然能够早上 10 点就起床了，等等。①

5 月过去了，普鲁斯特式的尖刻与威尼斯的基调完美地结合在一起。《女逃亡者》包含了上百个威尼斯与贡布雷②相交织、相混合的不同印象（大街上房屋的作用与宫殿作用的对比，阳光在运河边帘子上的转动与它在时新家用品店帘子上转动的联系，达涅利酒店与莱奥尼姑妈住宅的对比等等）。《驳圣伯夫》中《与妈妈的交谈》表现出其他的灵修默想，"午餐时间，当贡多拉载着我返回时，我看到妈妈的披肩放在白玉栏杆上"，等等。

《驳圣伯夫》中的这些回忆比《女逃亡者》里的更久远，但它们都提及了一次一直令我困惑不解的母子间的不和，这是一场人们希望可以弄清原委的奇怪争吵，这次不和将产生长久的共鸣。它们的奇怪之处在于，最早的那次（尽管哪怕要确定其中

---

① 参见《笔记本》第 50 页普鲁斯特关于威尼斯的话，莫里斯·巴尔戴谢（Maurice Bardèche）曾在《小说家普鲁斯特》（Marcel praust romancier）（第一卷）（1917）中如此细致地研究过这本书。——原注

② 贡布雷（Combray）：法国城镇，同时也是《追忆似水年华》书中地名。

的一个日期都是困难的,因为《驳圣伯夫》是由1905到1909年间的片段组成的),《驳圣伯夫》向我们讲述了"一天晚上,在与妈妈争吵后,我恶狠狠地对妈妈说我要离开(威尼斯)……我放弃了这个打算,但是我想让妈妈相信我已经离开了,好让她难过得久一点"。这个时候,是儿子想要返回巴黎(既然母亲只是为了儿子才到威尼斯来的,那我们就不明白为什么她不顺儿子的意返回巴黎)……

……然而,在后来讲述了更多威尼斯暂住生活的《女逃亡者》里,情形刚好相反。这一次,是叙述者拒绝离开威尼斯跟随母亲一起返回巴黎:"母亲已经决定我们要离开威尼斯了……我的祈祷(祈祷留下来)唤醒了古老的反抗欲望,这欲望潜藏在因威尼斯的春天而兴奋的神经中……过去,这种抗争的欲望使我粗暴地将自己的意愿强加于我最爱的人。"结果众所周知:任由母亲前往火车站后,叙述者追赶着母亲,在火车开动的那一刻赶上了她。达涅利酒店与火车站相隔甚远,但是儿子对母亲的爱缩短了行程。脐带又一次不会被剪断。

关于母子冲突的这个新说法似乎比上一个更加接近现实。对普鲁斯特而言,威尼斯是他的无意识之城。(1900年风格)

我们每个人都监禁于铅顶监狱①中,最出名的监狱也许是最不阴暗的,是人们可以从中逃脱的。普鲁斯特是性格内向的写照,与卡萨诺瓦这个外向性格的典型截然相反。

如果普鲁斯特的威尼斯不在他自己心中,又会在哪里呢?

---

① 铅顶监狱(Plombs):威尼斯的国家监狱。

纵观《追忆似水年华》，威尼斯一直是自由的象征，首先，是从母亲那里获得解放，然后是反抗阿尔贝蒂娜①。"威尼斯就是他被爱情阻挡而无法实现的意象。"阿尔贝蒂娜不让他见到威尼斯，就像爱情遮掩了其他快乐。

现实生活中，普鲁斯特在1900年5月底与母亲一起回到了巴黎。秋天，他展开了报复。他是个固执的人，这次他孤身一人回到了威尼斯，正如他所希望的那样。1900年10月，他在威尼斯待了十天，他没有住在达涅利酒店，而是住在安康圣母教堂对面的欧罗巴饭店。"非常神秘的旅行，"佩因特②写道。心理上也许是这样，但在文学上并非如此，因为《女逃亡者》已经为我们带来了出色的篇章，这些篇章描写狂热追寻威尼斯人的叙述者"在荒芜的田野中，在荒废的河道间"孤单地漫步，"孤零零的……在迷人的城市中央，就像《一千零一夜》中的人物"。

普鲁斯特，是不太宁静的威尼斯共和国的蒙面王子，威尼斯这座城市迥异于宴会之城、荣誉之城和夸耀之城，它曾经在1892年10月接待普鲁斯特的父亲阿德里安·普鲁斯特。当时他作为卫生学教授代表法国出席在威尼斯举行的国际卫生会议。

我在离开圣拉扎尔时思索着，为了灵魂的健康，最好选择

---

① 阿尔贝蒂娜·西莫内（Albertine Simonet）：《追忆似水年华》中最重要的角色之一。
② 乔治·邓肯·佩因特（George Duncan Painter，1914—2005），英国作家，以普鲁斯特的传记而闻名。

另外一座城市，而不是水陆同体的威尼斯。正如埃尔斯特[①]对阿尔贝蒂娜所说，"当人们不知道陆地在哪里终止，大海从哪里开始"。

三家威尼斯咖啡馆

三家威尼斯咖啡馆始终等待着我，经年不变。上午，是在学院脚下掩映在桥下的咖啡馆中。橘子水杯与运河齐平，将近10点，阳光迎面而来。空气尚未清爽宜人，它来自大海，向你奔来，拂拭一切。坐在这个几乎掩映在桥拱下的小咖啡馆中，我读着J. H. 契斯[②]的《看威尼斯》。"黑色系列"[③]是浪漫主义最后的庇护所……"唐一只手掐住敌人的脖子，另一只手一记勾拳击中对方下颚，库尔齐奥掉进了运河……"

在这个神秘的共和国，有人在铅顶监狱窒息而死，有人被悄悄淹死在桑塔利亚诺[④]的海中，这样的身体直接攻击，如此残酷的勾拳，产生奇特的回响。这其中存在着一种对称，赋予反衬以意义。

我晚上去的咖啡馆在凤凰剧院。除凤凰剧院外，这个小广

[①] 埃尔斯特(Elstir)：《追忆似水年华》书中人物、画家，将阿尔贝蒂娜介绍给叙述者。

[②] 詹姆斯·哈德利·契斯(James Hadley Chase, 1906—1985)，英国作家。

[③] "黑色系列"(Série Noire)：1945年伽利玛出版社出版的一系列黑皮平装犯罪小说系列，其中包括数本J. H. 契斯的作品。

[④] 桑塔利亚诺(Sant'Aviano)：威尼斯泻湖上的一个小岛。

场上还有两座教堂、一家大饭店和一家剧场酒吧。在这里上演的剧目，从戈齐①时代一直跨越到库特林②时代。一条点缀着白色何首乌花的厚实挂毯遮住了灯笼，挡住了从挤满嬉皮士的吧台上飘来的烟雾。这些经常吸毒的嬉皮士穿着肥大的衣服，看起来就像被遗忘在水底的蛙人。聚光机照亮广场，黯淡了空中的丝带，石头发出夺目的光泽，圆柱摆脱了阴影的笼罩。上帝和缪斯两者之间，这里属于拥有更多荣耀的那一位。这里的一切都由人类创造，为人类创造，一切都是如此均衡，如此稳固地建立在无形的水上。所有景致如此融洽地交织在一起，形成一片和谐，让人幸福得好像喝了酒一般。

三伏天有另外一个咖啡馆，它位于圣约翰及保罗广场，人们可以在报纸后午休而不被打扰。科雷奥尼的雕像就在我们上方，身后则是医院。左右是圣约翰及圣保罗教堂，一座哥特式先贤祠，里面安息着最伟大的总督：莫塞尼戈③、摩洛希尼、罗瑞丹④，还有在勒班陀⑤指挥作战，为可怜的布拉加定⑥复仇的威尼亚。可怜的布拉加定，为了安抚他所遭受的土耳其人的残酷折磨，元老院在这个教堂的中堂建立了一个纪念碑。这是一桩不可饶恕的罪行，在东方，人们是多么愿意在被打败后还

---

① 卡洛·戈齐(Carlo Gozzi,1720—1806)，意大利剧作家。
② 乔治·库特林(Georges Courteline,1858—1929)，法国作家、剧作家。
③ 乔凡尼·莫塞尼戈(Giovanni Mocenigo,1409—1485)，1478—1485 间任威尼斯总督。
④ 利奥纳多·罗瑞丹(Leonardo Loredan,1436—1521)，1501—1521 年间任威尼斯总督。
⑤ 勒班陀(Lépente)：希腊城市名。
⑥ 马可·安东尼·布拉加定(Marco Antonio Bragadin,1523—1571)，威尼斯海军元帅。

装出胜利者的样子啊！16世纪,法古马斯塔①在被土耳其人长时间围攻后弹尽粮绝,向敌人投降。威尼斯海军元帅马可·安东尼·布拉加定,法古马斯塔的守卫者,受帕夏②的盛情邀请前去赴宴。布拉加定前呼后拥,还打着一把红色丝伞——亚洲君主权力的象征。帕夏深感自己被冒犯,还未离开餐桌就将布拉加定拿下。布拉加定被割去耳鼻,他的下属被杀害。处决被三次延迟,十天后他被带到帕夏跟前,并且要亲吻地面。之后他被活活剥皮,包了干草的人皮被放在牛背上绕城环游,上面遮着他骄傲的红伞,最后人皮被晒干并送到君士坦丁堡的军工厂。

勒班陀战役后,威尼斯人夺回了布拉加定的人皮。今天,布拉加定安息在圣约翰及圣保罗教堂漂亮的哥特式中堂内。

17世纪,另一个布拉加定在把写给西班牙大使的短笺悄悄塞进教堂长椅的缝隙中时被人抓住,他被吊死在广场的两根圆柱间。第三个同样不幸的布拉加定是一个炼金术士,他曾经想向总督兜售炼金秘术。他被监禁,后来逃到了巴伐利亚。他在那里骗倒了上千人,过上了皇帝般的生活。慕尼黑的刽子手用巨剑砍下了他的脑袋。

一个世纪后,又是一个布拉加定,他曾是个法官,后来成为年轻的卡萨诺瓦的第一个保护者,后来卡萨诺瓦打着教授他犹太教神秘哲学的借口,欺骗了这个布拉加定。

---

① 法古马斯塔(Famagouste):塞浦路斯城市。
② 帕夏(pacha):奥斯曼帝国行政系统里的高级官员,通常是总督、将军及高官。

我坐在扎尼保罗教堂①小咖啡厅的角落里，观察着科雷奥尼（意大利语为Colleoni）的雕像。他那尖锐的目光是在向谁发出挑战，是向他的同代人，还是向他的后代？一个如此果断、坚定的船长，变换同盟就像换衬衣一样，如此不相信他的同盟，那是怎样生存下来的？（在他那个时代，人们已经说意大利雇佣兵是出了名的好争斗，但是"他们几乎不会让衣服沾染上血迹"。）这位伟大的傻瓜毕其一生都在为威尼斯与米兰作战，为斯福尔扎家族②与十人议会③作战。这些人似乎并没有对他怀恨在心，因为每次更换同盟后雇佣兵队长都跟他们重新开价。很难理解十五世纪人们的精神世界（即便是在我们这个唯利是图的时代）：委罗基奥、多纳泰罗④、乌切洛⑤、安托内罗・德・梅西那、拉弗朗西斯科还有文西，这些画家和雕塑家为我们留下了这些雇佣兵首领令人赞叹的形象，难道这些首领只是没有死亡的战争承包商吗？这位贝尔加莫人⑥可怕的面容，傲慢的前额，鹰一般的眼睛，绝不宽恕的嘴，狡猾的目光，莫非都是假的吗？科雷奥尼的价值是因为他自己还是因为他崇尚冒险的部队？他的士兵因为科雷奥尼的爱惜和丰厚的报酬，愈发忠诚地为他效劳，如果是因为他的部队那倒更好。他的账目一直还

---

① 扎尼保罗教堂（Zanipolo）：圣约翰及圣保罗教堂在威尼斯方言中被称为圣・扎尼保罗教堂。
② 斯福尔扎家族（Sforza）：意大利文艺复兴时期以米兰为中心的统治家族。
③ 十人议会（le Conseil des Dix）：1310到1797年间掌管威尼斯最大管理权限的组织。
④ 多纳泰罗（Donatello，1386—1466），意大利雕塑家。
⑤ 保罗・乌切洛（Paolo Uccello，1397—1475），意大利画家。
⑥ 贝尔加莫人（Bergamasque）：科雷奥尼出生于贝尔加莫。

在，威尼斯元老院就他的账目一杜卡托一杜卡托地①讨价还价，总是在想方设法获得一个大折扣后才迟迟偿清。(这一手段后来又要在另一个人身上)。

雇佣兵队长的名声延续了三个世纪，他们对得起他们的价格。15世纪末，意大利北部有一个真正的可以购买团伙、民兵的市场，可按时间出租或者包工的雇佣兵集团，甚至在国外开的价格都很高。路易十一②和勇士查理③为了科雷奥尼而长期争吵，为了让总督把科雷奥尼分租给他们，他们在总督跟前竞相抬价。这让共和国陷入尴尬，因为它不愿得罪这两位如此尊贵的大公。

以前，威尼斯的《卡泽蒂诺报》④会公布每日落水者的名单，现在这个专栏被废除了。难道掉进水里的人比以前少了吗？

这里的一切都与众不同：威尼斯共和国有自己的日历，3月1日为起始。日子是从日落时分开始算起。

威尼斯真正的敌人不是土耳其人，而是陆地上的意大利人。跟非基督教徒的战争让共和国发了财，与米兰和教皇的对

---

① 杜卡托：旧时在许多欧洲国家通用的、铸有公爵头像的金币。
② 路易十一(Louis XI,1461—1483)，法国瓦卢瓦王朝国王，法兰西国土统一的奠基人。
③ 勇士查理(Charles le Téméraire,1433—1477)，瓦卢瓦王朝的勃艮第公爵(1467—1477)。
④ 《卡泽蒂诺报》(Gazzettino)：一份意大利地方性报纸。

抗却让它破了产。

马术在威尼斯可以追溯到 14 世纪,在科雷奥尼策马闲步的广场,有一个驯养着 75 匹马的骑马场。

在埃及的亚历山大城,为了把圣马可的遗骨带回威尼斯,两个基督教商人把它偷到了手。为了避开穆斯林人,他们想将圣骨藏在腌过的猪骨架里。

这条黑色小运河尽头的视野尽头有一座房子,房子上的红色已经变淡。西斜的太阳突然照射到房子的正面,把它照耀得好像一只点燃的蜡烛。

河水发出深沉的声响,柔和的余声持续了一分多钟,让人以为坠入了深渊。

为了将桑索维诺图书馆①的院子改造成阅览室,人们给它装上了玻璃。我走出图书馆,穿过朝向行政官邸的大门,门的两边分立着一尊巨人像,它们的膝盖与我的脸齐高。夕阳落在稻草桥上。背景,是圣乔治马焦雷岛。大渡轮匆匆忙忙地赶在天黑前上航道,似已准备顺道抢夺些什么物品。

下午六点,巴黎的报纸刚刚抵达。在夕阳的照耀下,圣马

---

① 桑索维诺(Sansovino)图书馆:位于威尼斯,1536 年由意大利建筑家和雕塑家雅各布·桑索维诺设计。

可广场上的镶嵌瓷砖像一件历经千年的厨具一样闪闪发光。

在威尼斯,人们可以体验到一种新的乐趣:没有汽车,就像在采尔马特①或是以前的百慕大。幸福地生活在一座没有人行道、没有红绿灯②,也没有汽笛的城市里。在这里,漫步就是流动,就像在水上:我这就出发啦,没有重量,像一只真正的气球。

威尼斯的房屋满怀对船舶的思念,它们的底层常常被水浸没。这些房屋同时满足了对固定住所和漂移生活的念想。

威尼斯是意大利物价最高的城市,但是真正的乐趣是花不了几个钱的:100里拉③就可以乘瓦波莱迪从丽都岛抵达火车站,还是加快的瓦波莱迪,也就是说提供的是最细致的服务。

在这里,傲慢的房东们给自己种了一棵树。
在犹太区入口,督政府的士兵曾种下一棵"自由之树"。

中午,谁都不再说话。威尼斯人嘴里塞满细面条,他们在里面加了那么多的海鲜,面条简直成了海藻。

贝壳收藏者可以去海豚街街角的贝壳小店。

---

① 采尔马特(Zermatt):瑞士小镇,旅游胜地,该地禁止机动车驶入。
② 唯一的一盏红绿灯,在新运河的一个十字路口。——原注
③ 里拉(lire):意大利货币,现已被欧元取代。

"sposa"这个词在威尼斯并不是指一名已婚女子,而是未来的妻子。我们的步子迈得太快啦。

人的一生往往就像运河边上的这些宫殿,屋子的底基由钻刀精细切削的石头砌成,上面的楼层却是用干泥浆仓促堆成的。

威尼斯依靠着一大片木桩森林,如同老妇人倚靠她的拐杖。仅仅为了支撑安康圣母教堂就花费了一百万,而且这还不够。

天气很糟糕时,圣马可广场上的水就会从石板的砌缝间涌出。这让我想起圣奥诺雷郊区街①的新马戏剧场,演出结束时它变成了一个游泳池。

基奥贾的船帆有着跟印加裹尸布一样的红底和红色图案……

大运河边上的宫殿缠绕着黑色水藻和贝壳织就的腰带。

这些徕卡相机,蔡司相机,难道人们都没有眼睛了吗?

---

① 圣·奥诺雷郊区街(Faubourg Saint-Honoré):位于巴黎。

在所有的渡船里,百合圣母教堂那儿的渡船是最迷人的。10月,那儿的船夫会在红色的爬山虎下玩纸牌,人们要等到他们用一小截木桩做了标记才敢上船。

我被威尼斯河道紧紧夹住,就像书页中的一张书签。有几条河道如此狭窄,以至于勃朗宁①抱怨连伞都撑不开。

擦鞋上蜡风景最好的地方,是在美彻丽雅街的街口。擦鞋子的时候,会出现这样的景象:从圣马可广场出来的一排排人流,从公爵馆的尖拱部分延伸开来。首先映入眼帘的是两头斑岩石狮,威尼斯的孩子们在上边戏耍骑闹了上千年,石狮都被磨光滑了。右边,钟楼在我的脚上投下它的影子。视野尽头,庞大的圣乔治马焦雷岛就像是舞台上的背景画布……直到一艘油船横插进来,将圣乔治马焦雷岛的比例缩小到了盘底油画的大小。这艘蒸汽船比教堂还要巨大,它的船首已经到达达涅利酒店,船尾才刚刚过了海关。

威尼斯在我们不能搁浅的地方搁浅了,这就是它的天赋。

威尼斯人发明了所得税、统计学、国家公债、书籍审查、博彩、犹太区和玻璃镜子。

---

① 罗伯特・勃朗宁(Robert Browning,1812—1889),英国诗人,剧作家。

蒙田曾经去过一个文学交际花家中,这个女人给他念了一首她自己作的没完没了的哀歌。蒙田没有费太多气力就逃脱了花柳病害。

在威尼斯,秃鹫就是猫。

14 世纪,大运河在一场地震后干涸了两个小时。

科雷奥尼的马:人们可能会因为马尾略低而指责委罗基奥。马刺与皮带相隔这么远,骑马的人怎么能够做到让马直立呢?

总督府入口的这个匿名检举箱真了不起了!它的开口是一张狮子嘴,法官不仅在总督府门口放了一个狮子嘴,每个街区也都有。共和国的徽章不应该是狮子,而应该是毒蛇。

杜丝①的第一个角色是柯赛特……(在 1969 年威尼斯戏剧节上出演。)

谁曾经如此描写在威尼斯的雷纳尔多·哈恩:"一架直角钢琴,抽很多烟,一点点音乐?"

---

① 爱莲诺拉·杜丝(Eleonora Duse,1858—1924),意大利女演员。

一个巴黎文人。

1834年,阿尔弗雷德·缪塞在达涅利酒店上岸后跑去了哪里?他去了米萨利亚阅览室,为了知道《两世界杂志》是否到了。

春天,其他地方的人都忙着粉刷外墙。威尼斯人在3月首先做的是将贡多拉的船肚刮干净。

还有什么地方会比威尼斯更适于美少年那喀索斯顾影自怜呢?

瓦格纳在夸德里咖啡馆聆听自己的音乐……

威尼斯人从不会去游览意大利的其他地方[①]。

威尼斯的方言因字母Z而出名,大运河就呈Z字形。

1934年

"威尼斯是意大利的面具"(拜伦语)。

我在圣马可学校前遇到了费尔杰斯,他妻子贝尔娜蒂娜陪着他,他们住在学院附近。

费尔杰斯把我拉到一边:

---

① 塞利维亚人绝不会去马德里,洛桑人不会去日内瓦。——原注

"我已经把弗朗索瓦丝安置在丽都岛了,而且已经说服科荷莉躲到帕多瓦。"费尔杰斯对我说,"幸好我的两个美人互不相识。我呢,我把威尼斯留给了贝尔娜蒂娜和自己。"

婚姻啊,这道隔离火墙。

1934 年

在威尼斯得知斯塔维斯基①的死讯;苏联加入了国际联盟;阿尔贝国王②之死;陶尔斐斯③被谋杀;长刀之夜④;兴登堡⑤;希特勒是德国的主宰;戴高乐出版了《建立职业军》,由贝当⑥作序。

如何在历史的宝库中重新找到这些事件?总督将戒指扔进海里,谁会想到会被一个渔夫在鱼肚中发现,而且有一天我们竟然可以在圣马可大教堂的宝库里看见这个戒指。

---

① 亚历山大·斯塔维斯基(Alexandre Stavisky, 1886—1934),法籍俄国人,长期从事投机诈骗活动,发行大量伪债券。
② 阿尔贝一世(Albert I, 1875—1934),比利时国王(1909—1934 年在位),1934 年在一次登山事故中丧生。
③ 恩格尔伯特·陶尔斐斯(Engelbert Dollfuss, 1892—1934),奥地利总理(1932—1934 年在任),1934 年被奥地利纳粹分子刺死。
④ 长刀之夜(Nuits des Longs Couteaux):希特勒于 1934 年 6 月 29 日至 7 月 2 日间对纳粹冲锋队头目恩斯特·罗姆(Ernst Röhm)等人进行的清除行动。
⑤ 保罗·冯·兴登堡(Paul von Hindenburg, 1874—1934),德国陆军元帅,政治家。
⑥ 亨利·菲利浦·贝当(Henri Philippe Pétain, 1856—1951),法国陆军将领、政治家,维希政府的元首、总理。

我在法兰西学院发现了一份德玛斯·拉蒂伯爵[①]以前做的有趣的报告：《论威尼斯共和国的政治毒害》。他在报告中得出结论，总督府的暗杀活动一直持续到18世纪下半叶。元老院不仅常常对阴谋家的提议表示出兴趣，而且还让人知道这一点。他们就预付款讨价还价，一个苏丹，或者只是一个阿尔巴尼亚首领，要杀的人不同，预付款也不同。谁来提供毒药，又是哪种毒药？

上世纪的威尼斯博学之士对此提出了抗议，回击法国人的指责："那么你们的国王呢？路易十一呢？你们的弗朗索瓦一世不是想置克雷芒七世于死地吗？意大利语中的'potione'（意大利语，一种药水）在法语里还有个对偶词呢，就是'poison'（法语：毒药）……"

里亚尔托市场

船儿虽然左右摇摆，鱼篮却并不挪动一下，鱼篮满堆满载却无法直接入口。除了金枪鱼和剑鱼以外，这些鱼都不肥，但蕴含着多么浓郁的大海芳香啊！这些鱼是前一天才捕到的，没有冰冻过，没有用过伽马射线，也没有打过青霉素。除了希腊

[①] 德玛斯·拉蒂伯爵（comte de Mas Latrie，1815—1897），原名 Jacques Marie Joseph Louis，法国历史学家、外交家。

之后的英国、拉罗歇尔①、汉萨同盟②城市，除了安特卫普③、葡萄牙、威尼斯以外，所有的鱼仿佛都索然无味。

意大利烹饪使用其他地方很少使用的鲜草，一些已经老得掉光了牙的卖草老妇人出售鲜草。植物茎叶、湿地薹草、清香的水田芹、蜜里萨香草和可食用的地衣产生一系列复杂变化。数十种调味蔬菜、无数的薄荷、各种牛至，还有在普罗旺斯都不为人知的矮小调味苔藓，捣碎后可以做成调味汁，包括这种浇在白煮肉上的"绿色沙司"。

在我远离威尼斯的那几年，德尼斯给我带了一双贡多拉船夫的布鞋，黑色丝绒，丝织鞋底。这些鞋在里亚尔托有的卖，只需几个里拉。他的两个夏尔，都是举止优雅的人，都不穿别的鞋了。

1931 年

1816 年，阿尔布里兹伯爵夫人④在威尼斯举办了一场舞会。拜伦在舞会上爱上了特蕾莎·干巴，即居齐奥里伯爵夫人。他

---

① 拉罗歇尔(la Rochelle)：法国西部沿海城市。
② 汉萨同盟(Hanseatic League)：14—16 世纪北欧诸城市之间形成的商业、政治联盟，以德意志北部城市为主。
③ 安特卫普(Anvers)：比利时最重要的商业中心、港口城市。
④ 阿尔布里兹伯爵夫人(comtesse Albrizzi, 1770—1836)，威尼斯作家，沙龙常客，阿尔布里兹伯爵为其第二任丈夫。

们曾在三个月前相遇，三个月的酝酿后，他们在这一天一见钟情。

后来的事情众所周知：热恋中的居齐奥里伯爵夫人患上了结核病，躲到了拉韦纳①。在那里，他年老的丈夫（他们相差50岁）把所有过错都揽到自己身上，而他的父亲，干巴伯爵，则来恳求拜伦不要抛弃他那患了结核病的心爱女儿。我回想起这个有名的故事只是为了最后那句话，厌倦了的拜伦（何况他发现自己被卷入了这个意大利家族的政治阴谋中）哀叹道："我只想做一个风流骑士，怎么会料到这场艳遇会变成英国小说（即家长里短和哭哭啼啼的小说）？"

洛赞和利尼②只有才智，而拜伦则将意大利式的诙谐变成大不列颠式的幽默。男爵书信集的每一行中都能找到王尔德式的戏剧尾白："这里的女人持有可憎的忠贞观。"还有（前往米索朗基③）："我爱事业甚于爱女人。"有人问科克托，如果房子着了火他会带走什么，他答道："我会带走火。"这就是《通信集》中的拜伦。

"为什么四个世纪前这里有一万艘贡多拉，现在却只剩下五百艘？"

"这行当完蛋了！（好像听到了巴黎出租车上的对话。）季节太短暂了……一艘贡多拉得一百万里拉……瓦波莱迪和喷

---

① 拉韦纳（Ravenne）：意大利港口城市。
② 洛赞（Louzun）和利尼（Ligne）均为法国市镇名。
③ 米索朗基（Missolonghi）：希腊西部城市。

枪的伴流会把您的胳膊弄断的。我们在任何角落都有生命危险……瓦波莱迪和喷枪把您带到大运河上,就像一头母牛闯进一家吊灯店……"

"您还在唱歌?"

"为了遗忘……"

船夫告诉我从 17 世纪起贡多拉的铁皮船首就有五颗锯齿。阳光和汽油交织的缎纹水面上,贡多拉摇晃着它的倒影。

凌晨 3 点。

这个时候的威尼斯是一幅瓜尔迪的画,悄无人迹。

运河上一条船都没有……

如果不是这些电视天线,人们会以为是在 18 世纪。

除了雾气的轻微颤动,再没有什么会让水面泛起一丝涟漪。一股气流吹皱了海关前方的水面,但它还吹不到我身上。

十分钟后,清洁道路的大型贡多拉就会从这里经过开往久德卡岛。威尼斯废物利用,用垃圾填造新的岛屿。

第一辆快艇开过去时,系缆绳的桩子在水中的垂直倒影变成了弯弯曲曲的所罗门式胸像柱。

1925—1969 年
威尼斯的海上旅行

我回想起一场在海上举行的告别晚会,大概是四十年前。

载重五百吨的扎拉号，抛锚停泊在总督府前，船身为黑色，点缀着金线，悬挂着美国国旗，载着我们前往小亚细亚半岛。我们一共五名乘客都经过了精心挑选，没有嘈杂的人群。威尼斯，这座外省小城市的人们都蜂拥而至，他们在船上停留得太久，以至于我们错过了起航的海潮。船上的酒窖空了，有一个月的时间，我们不得不在这个没有水的地方喝水，这差点要了英国船长的命。

当我回想起这次如此高调的起航时，我寻思着我所经历的这次高雅之极的海上旅行，与现在的小说中作为故事背景的海上旅行有什么不同呢？（我不后悔认识了当时的上流社会，它让我免于混迹其中直到老去，就像瓦雷里和纪德，这没一点坏处。）

20年代的快乐是无拘无束，但却不是无法无天，这才是良好家庭的快乐。热战冷战、游说集团、酒精、毒品、冲锋枪、色情电影，没有一样野蛮行为是由于崇拜美国而诞生的。崇尚存在吗？我们仍然处于崇尚教养的时代。是美国人欧化了，而不是欧洲人美国化了。

即便是在流传已久、最为出格的游戏中也有着良好的规矩。大运河上某些宫殿里的丑闻甚至都不会传到旅店的酒吧中。一场当地社会名流云集的船上晚会，既没有政治代表，也没有借款介绍人，没有戴纹章却没执照的古董商，也没有那些靠八卦报纸上的传闻来充盈月底收入的年轻姑娘们。裁缝、香料商、供货商们还没有跟他们的客人混淆起来，大家都还穿着表明各自职业的服装。同性恋还只存在于男性中，上年纪的女士中尚未有人破例。白人不如黑人长得黑，放荡老女人的短处尽人皆知，她们也不会发表什么有教益的回忆录。天主教的教士与新教的牧师也不相像，社会学专业的大学生不会化装成库尔德①牧羊人的样子，而库尔德牧羊人也不会化装成跳伞员的样子。如今对于"里里外外都坏了"这个短语，再也没有比我们当代的变性人给出的解释更好的了。

人们不曾见过一位女主人从餐桌上站起身，为插图周报亲自拍摄客人们的照片，然后捞回她的垫款。不得体的快照还不为人知，拍照的勒索者从厨房溜进来（就像在拉比亚宫②），藏在床底下，甚至潜入公证人家中。美国一位女接待承包商的后代将在几年后报复欧洲。

其他的不同是警察，最后几个开化的民族还没有成为警察治安的国家。司汤达时代奥地利人的监视政策，是藏身在巴马剧院低音提琴中的莫斯卡③，意大利警察，插着红羽毛的勇敢宪兵，仅此而已。我们的情报网络、每个部门的眼线、不同军队之间的"暗中勾结"、热带地区大使馆中的特务机关、各大银行里的调查办公室、日报周刊社里的密探、工会中的耳目、赌场、珠宝商和大旅馆的财产清单，这一切都还不存在。现如今，热拉尔·德·奈瓦尔就可以说"特权强盗的乞丐窝"了，布尔热今天写的就不是《世界都会》，而是《国际刑警组织》了。

---

① 库尔德(Kurdes)：库尔德人是一个生活在中东地区的游牧民族，为西南亚库尔德斯坦地区的基本民族。
② 拉比亚宫(Labia)：位于威尼斯。
③ 莫斯卡(Mosca)：司汤达小说《巴马修道院》中的人物。

这表明 20 年代的海上旅行与现在的海上旅行有不少的相似之处。我们躲开了嘈杂的人群,却又陷入不睦。我们的旅行不快而终,一进入地中海,邀请我们的那家人就内部分裂了。船上的诗人预感到风暴的来临,在布鲁斯①就上岸了。另外两个应邀者,为了避免在姑母和侄女间表态,在那不勒斯上了岸。那家人孤单单地留在船上,将自己关在船舱中。一回到威尼斯,他们就互不理睬。他们再也没有见过面,他们会在死前交谈吗?

威尼斯
1930 年 9 月

1930 年 9 月 24 日,我坐在一张石椅上,面对着泻湖。过去,金色船舱的布森陶尔战船就停泊在那里,像阳光一样照耀着原生水。威尼斯共和国的舰队,深红色,长船桨,像是煮熟的龙虾。十艘灰色鱼雷艇一线排开,金属制造的水上飞机呈三角阵形前进,颤动了秋日的天空。红白绿三色旗降到了地面(古老的"挂黑纱"的意义在意大利的旗帜中保留了下来),威尼斯装甲舰的船员经过,双眼如同擦得锃亮的铜器。威尼斯军官佩戴着肩带和金色穗子,步履坚定前去赴任。

威尼斯,这座尼采的城市教导新意大利:"必须将人们自然

---

① 布鲁斯(Brousse):法国城市名。

天性中的勇气归还给他们"……"民族的狭隘,军人的严格,更好的生理,空间,肉类……"就像二十年前,我又回到圣马可教堂前。为什么昨天我买了《权力意志》?什么样的巧合让我又一次打开"反卢梭"这一章呢?我读到了下面的句子:"很不幸,人们不再那么可恶了……""软弱和道德主义就是诅咒。"

飞狮表明,意大利的未来在水上。圣马可是反东方的,马宁①是反奥地利的,而瓦格纳呢,是反尼采的。我在旧行政官邸购买了《柏林日报》,在上面看到了希特勒的讲话,生硬的就像机关枪:"只要需要,杀头!"

9月14日至9月24日:十天就已足够。仍然是希特勒在莱比锡发出的声音:"我宣布一项巨大的精神提高"……还有国家社会主义②的计划:"一切反对国家物质和精神复兴的东西,我们都将坚决消灭。"

我环顾四周,看见一群来自蒂罗尔的金发人光着膝盖,来到圣马可广场上。那些在世界上崭露头角,开始让人们听到他们响亮声音的人,是1930年的年轻人。德国人不再看《西线无战事》③,而是说:"真正的战争,能够制止所有的玩笑"。这是个不识苦难的燃情年代:选举希特勒的大学生,是重新集结起来的共产主义者。

尼采宣称:"我们正在进入一个悲剧时期,一个灾难深重的

---

① 达涅利·马宁(Daniele Manin,1804—1857)意大利政治家,拥护共和制,反对奥地利体制。
② 国家社会主义:即纳粹主义。
③ 《西线无战事》(*A l'ouest rien de nouveau*):德国作家埃里希·玛利亚·雷马克(Erich Maria Remarque,1898—1970)描述第一次世界大战的反战小说。

时代。"

1936 年

昨日,墨索里尼带希特勒来到位于斯特拉的拿破仑司令总部。他们身后是特雷维索①,格拉帕山是多洛米蒂山脉②的第一道天然屏障。前方是尤根尼恩山脉,乔尔乔内可以此为背景。几尊被苔藓侵蚀的雕塑发出沉浸在璀璨的玉兰花海中的呼喊。(几张赭色的帆,大睁着一只只好像得了结膜炎的红眼,飘过荷兰奶牛的身旁,不过只有玉米秆高。)

帕多瓦在二十年前还是一个老旧的大学城,沉睡在文凭上。而如今,它重生了。四周的沼泽排干了水,墙上,是帕多瓦人学习的行为准则:"有教养的人绝不亵渎神灵。"(我立刻列出一长串我所记得的所有最恶毒的话。)我还看到:"随地吐痰是旧习俗。"这句话使我立刻想到:为什么我们的祖先要吐痰呢?流口水比起吐痰来难道不是更不健康?把痰咳出来岂不是更能让咳嗽的人恢复健康?

至于大众教育,我想起十年前在莫斯科,我曾看到孩子们在学校学习刷牙,必须用牙刷从下至上刷,而不能从左至右。

---

① 特雷维索(Trévise):意大利城市名。
② 多洛米蒂山脉(Dolomites):意大利北部山脉。

1935 年

"消灭苍蝇!"(墨索里尼式的命令。)

1935 年

对法西斯主义者来说,奥赛罗①并不是一名有色人种,他是一名"毛尔人",这个词并不是指摩尔人,而是指毛利的土著。奥赛罗的原型可能是总督克里斯多弗·摩洛②。

从此以后,小广场上的所有男人都有科雷奥尼式的下巴和格太梅拉达③式的眼神。

1937 年

辉煌旅馆的主人汉默多,自半个世纪以来目睹着欧洲在大

---

① 奥赛罗(Othello):莎士比亚悲剧《奥赛罗》中主人公。
② 克里斯多弗·摩洛(Cristoforo Moro,1390—1471),威尼斯总督(1462—1471在位)。
③ 埃拉斯莫·达·纳尔尼(Erasmo of Narni,1370—1443),绰号"格太梅拉达"(Gattamelata),意为"狡黠的猫",为意大利文艺复兴时期最著名的雇佣兵队长。

运河上行进。因为要给来客安排座位，分发菜单，安排客人已点好的菜，他的叙述常常被打断，但是这些叙述已经足以写出十本小说了。

下面是他的今日特色菜：

N公爵对我说："汉默多，我已经快要死了。当你为我闭上双眼后，你就去墓地，坐在井边，等候一个漂亮女子经过。我要她非常、非常漂亮……你要很有礼貌地上前对她说：'夫人，我的主人公爵大人，刚刚将他的灵魂交给了上帝……就在离这两步远的地方……他最后的心愿就是……在他被送往圣·米歇尔岛之前……一位漂亮的夫人顺路为他作一小段祈祷……'"

"先生，我并没有等很久。来了一位漂亮的姑娘，18岁，胸部丰满，就像M公爵喜欢的那样。我上前同她交谈，她犹豫不决，我对她说：'小姐，我们不该违背一个死者的意愿……可怜的人啊！'M公爵曾对我说过：'我的家人、哥哥、嫂子，我都不在乎……一个素不相识的女人会做得更好。'"

"她跟着我，我们从墓地走了上来。婚床、拉拢的窗帘、灯光……姑娘眼角挂着泪珠……这就顶得上一大家子的哀号了……这是不久前的事，就在昨天。这就是生命的白天和永恒的夜晚。"

"……当她要走时，我将一个珠宝匣子拿给她……我对她说：'M公爵就是为了夫人们而活的。他最后的打算，我的主人希望这个匣子属于其中一位夫人。我负责把它交给您。'"

"先生，那匣子里可是一块抵得上圣马可宝藏，抵得上金色围屏①的祖母绿啊！"

1937 年

该用霓虹灯来照亮威尼斯吗？嗜古者说"不行"。未来主义者回答："不管你们愿不愿意，圣马可广场已经在我们的聚光灯下闪耀光辉了，这是个巨大的成功，游客们喜欢这样。"浪漫主义者仍坚持己见，今天早上，他们打着白色的横幅在圣马可广场上游行，横幅上写着："我们要月亮！"

1937 年

军用飞机擦过圣马可广场上石狮的翅膀。海洋之后，是天空。元首曾经说过，独裁者的未来在天空。

游行队列中的小姑娘们肩上飘扬着百人队的丝带。阿迪蒂②们簇拥着穿长靴的城市平民，土耳其毡帽上柔顺的黑流苏在阳光下熠熠生辉。这是国民动员，下午 5 点钟的集会。先锋派和巴利亚③的年轻人在广场地面上用粉笔画的方格中就位，如同棋盘上的棋子。司机在帕多瓦乡下停下车，为的是在返回

---

① 金色围屏（Pala d'Oro）：黄金祭坛屏风，为圣马可大教堂最珍贵的宝物。
② 阿迪蒂：意大利语 arditi，一战期间意大利的特种部队士兵，意为勇士。
③ 巴利亚（balilla），1926 年墨索里尼成立的青年纳粹组织。

威尼斯之前换上黑衬衫。

1937 年

　　古时的铭文镌刻在碑石之上，它们背靠石壁，面朝忘却，唤来永恒为其见证。它们渗入大自然的胸脯中，嵌入建筑学的框架中。它们追逐荣耀、胜利和死亡，它们只是细长的黑影，却永不消逝。如今，我们不再神化此事，而是向它挑战。我们不再认同这一结局，我们向它传讯。我们不再铭刻，我们宁愿在更易腐蚀的材质上仓促书写。

　　意大利国土上将铭文与美文学相结合的学术热情，因为埃塞俄比亚战争而更为高涨。没有哪个民族比拉丁民族在墙壁上留下的符号更多，他们用这些符号覆盖了世界。人们仍然可以在地下墓地中、卫兵的躯体上、马戏团中看到它们，大街小巷里也仍然张贴着竞选公告、抵押凭证、宣召某位出色的斗士或是一个负有盛名的角斗士的诏令。奥维德和普罗米修斯的名字被题注在庞贝城的砖块上，位于两幅讽刺画或是两个幽会约定之间。虽然历经数世纪，各处的圆柱、陵墓、水渠及雕像仍在向我们高声诉说着。

　　如今，刚离开意大利的边境，我们便惊奇地发现，政府与公民间这一独特的交谈仍在继续。谁在写？谁在说？我们又是在何时让城市笼罩了如此多的镌刻在碑石上的思想？这些家喻户晓的伟大思想是共产主义者在 1920 年左右留在此处的。

第二章 检疫隔离屋

官方的大段语句白底黑字或黑底白字地涂写在各处。我在我所居住的旅馆的车库上看到"法西斯是一支正在行进的部队",在市政厅的喷泉上方看到"法西斯是一项世界性的事业",在村口看到"法西斯即礼节"。最新的断言是"我们将向前引领"。此外,到处都是死者的头颅,带着这些简单的话语,这些难以翻译的话语:"me ne frego"(类似于"我们不在乎……",或者更甚。)

最常说给英国的宣判有"我们不会接受任何人的制裁",或者"英国的谦恭散发出阿比西尼亚①石油的恶臭"。"领袖,该我们了"这一口号镶饰在最古老的纪念碑上,它唤醒了被行政官邸的鸽粪玷污的灰色浮雕画、米兰大教堂这块被爪子扒过的老骨头、热那亚阴暗的宫殿和佛罗伦萨美轮美奂的庄园。"宁做一日雄狮,不当一生母羊",这句话源自于全国动员时期。

"伟大的诗人必须要有广泛的读者。"卡莱尔②所需要的众多的读者,任何一个广场,任何一块空地都不会有,连圣马可广场也不例外。行人像水一样流逝,不管街上的人们是否愿意,他们被迫听到了1937年会说话的威尼斯墙壁发出的刺耳的、一成不变的尖叫。在这些喊叫旁边,是冷冰冰的罗马字母写成的抽象断言,这些话是市政府写的吗?市政府"禁止张贴"的命令没有让任何人心生畏惧。

从此以后,各个地方的生活都展示在房屋的正面或是像便条簿一样的房屋背面,对一个外乡人而言,房屋因此变得比书

---

① 阿比西尼亚(Abyssinia):埃塞俄比亚的旧称。
② 托马斯·卡莱尔(Thomas Carlyle,1795—1881),英国评论、讽刺作家、历史学家。

本更有教益。众多读者在箴言前鱼贯而过，而非箴言一一展现在读者面前。

1938 年 5 月 15 日

在报亭，威尼斯《图文版卡泽蒂诺报》发表了一篇文章：《宿命英雄》。同一页上，是墨索里尼和希特勒在斯特拉的照片。我买下了这张报纸，"宿命英雄"是一系列历史文章。那天的英雄是拜伦。

1938 年
邓南遮之死

30 年代，有位朋友使我得到了召见的机会，我被召回巴黎，不得不取消去加尔东尼①的行程，从威尼斯回到法国。在高速公路通往加尔达湖的小岔路口，一名法西斯卫兵交给我一个包裹并对我说道："受长官之托。"在那个年代，法国车的数量并不多，他居然认出了我的车是法国车。我找到一把金丝镶嵌的开信刀，上面刻着民族英雄的话："我只拥有我所给予的。"

---

① 加尔东尼（Gardone）：意大利小镇。

1939 年 6 月

我在斯洛文尼亚的布莱德湖边，距卢布尔雅那①三十公里。一条国际隧道就足以将两个世界分开，一边是斯拉夫人的拉丁世界，一边是南斯拉夫人的威斯朱利亚区②。这相当于在二十分钟内游历十四个世纪。

我的妻子在的里雅斯特她叔叔们家中。为了筹备战争，墨索里尼不久前将他们在证券交易所的证券掠夺一空，作为交换，给了他们几张国家债券和几块尚未开垦的土地。

两个小时后，我前往多瑙河委员会参加一个春季会议。这是一个正在缩小的欧洲：奥地利海军元帅，极其高贵，极其疲乏；我们的主席是个罗马尼亚人，一个狡猾而不坦率的外交家，即将退休；那个英国人，每天一瓶威士忌——他因此而丢了性命；南斯拉夫人，好辩、粗鲁而讨人嫌；意大利人，没有定见……我们的任务是从德国到黑海，在技术上和政治上监控多瑙河。冬季会议已在3月于尼斯举行，秋季会议将在多瑙河河口的加拉茨③召开，在一座第二帝国——这是罗马尼亚的时代——半土耳其、半俄罗斯的宫殿中召开。我们的老式游艇悬挂着委员

---

① 卢布尔雅那(Ljubljana)：斯洛文尼亚首都。
② 威斯朱利亚区(Vénétiejulienne)：意大利北部自治区，的里雅斯特为其首府。
③ 加拉茨(Galatz)：罗马尼亚港口城市。

会旗帜和八面欧洲国家旗帜,在临近威尼斯的码头摇摇晃晃。委员会十分崇尚和平,它唯一的敌人就是铁门峡谷①密布的礁石、堵塞河港的泥沙和支流水势的突变。

在这个斯洛文尼亚地区,即从前属于奥地利克恩顿、克拉尼斯卡、施泰尔马克的地区,我有机会近距离看到了被阿尔卑斯山阻挡而不能前往亚得里亚海的斯拉夫人。他们摆脱了弗朗索瓦-约瑟夫②的控制,却又迎头碰上意大利人。靠着1920年条约③从奥地利得来的战利品,意大利人大捞了一把,还得到了的里雅斯特、伊斯特拉、达尔马提亚和威斯朱利亚。他们的职责就是阻止斯拉夫人南下亚得里亚海。法西斯政权负责此事,它剥夺了的里雅斯特的腹地,让各个城市丧失民族特征,因为没能深入乡村,它让克罗地亚人和斯洛文尼亚人分别穿上了黑衬衣和长靴。

自从威尼斯共和国覆灭后,的里雅斯特从1814年起就在威尼斯的没落中发了财。因为没有帆桨战船,此时的威尼斯已不再需要招募埃斯科拉丰桨手。维也纳、希腊人、英国人和德国人让的里雅斯特富足起来,它从1920年起就没怎么繁荣过。失去双头鹰后,它只考虑意大利精神,对领土收复主义者对本堂

---

① 铁门峡谷(Portes de fer):位于南斯拉夫与罗马尼亚两国间多瑙河上的一峡谷。
② 弗朗索瓦·约瑟夫一世(François Joseph,1830—1916),奥地利皇帝兼匈牙利国王(1848—1867年在位),奥匈帝国的缔造者和第一位皇帝(1867—1916年在位)。
③ 1920年条约:即拉巴洛条约,意大利与塞尔维亚人、克罗地亚人和斯洛文尼亚人之间为解决亚得里亚、达尔马提亚及后来成为朱利安地区的一些边界问题而签订的条约。

神甫和小学教师造成的苦难漠不关心,它清除当地行政部门,禁用斯拉夫语。总之,签订凡尔赛合约的欧洲将意大利人安置在的里雅斯特,不就是首先为了从中脱身,其次为了牵制斯拉夫人吗?

这些回忆只是用来回想战争前夜斯拉夫人与威尼斯的单独会面。埃斯科拉丰人是达涅利酒店对面码头上人们的祖先,维克托·伊曼纽尔曾在那个码头上跳跃。当我再次从布莱德向南行进,靠近的里雅斯特时,我听到了埃斯科拉丰人低声埋怨他们的老主人。从狄那里克阿尔卑斯山①高处往下看,圣马可广场的老狮子正享受着属于亚得里亚海的最后荣光。

我有十二年没有去看过威尼斯了。

---

① 狄那里克阿尔卑斯山(Alpe dinarique):又称狄那里克山脉,欧洲东南部的一条主要山脉。

第三章　死于面具

1950 年

我就最后一次战争的结束询问了玛丽亚·P，她是我的一位威尼斯朋友，参加了这次战争。她对我说："1945年冬天的威尼斯阴森恐怖，所有的一切都限制供应，尤其是新闻。当地媒体充斥着其他战线的消息，到处是德国人逼进阿尔萨斯的详尽报道，却对家门口的事装聋作哑。到处是奈塞河[①]战线地图，关于拉韦纳-博洛尼亚战线却什么都没有。我听见炸弹摧毁帕多瓦，断电，瓦波莱迪没了燃料。墙上的布告上画着众多从天而降的致命武器，人们不得触碰。"

"4月26日，我的《卡泽蒂诺报》缩小了尺寸。4月27日，它成了一张活页纸。米兰被占领，墨索里尼被逮捕，加拿大部队进驻梅斯特雷。28日，我的报纸只剩下一张布告，自由运动的志愿者和它战功显赫的斗士们在那上面恢复了意大利复兴运

[①] 奈塞河（Neisse）：流经波兰和德国的一条河流。

动①的荣耀,被纳粹法西斯的野蛮行径践踏了二十多年的荣耀。加拿大装甲车没有停留很久,威尼斯被占领,同盟国匆忙向北部进军,奔向更紧急的地区:阻挡铁托②入侵威斯朱利亚……"

1951年9月

一个欧洲节日,距今已有二十年……

有品位的人能在卡那雷吉欧③体会到生活的乐趣。巴伐利亚的路易二世④,不就是淹死在两尺深的水里么?

如果我像个少女谈起她首场舞会一样谈起这场最后的晚会,那将会很可笑。但我到达的时候,我就知道我是来向一个世界告别的。十一年来我被迫遁世隐居,孤身一人,仿佛突然间从冰川之巅坠入一场欢乐的对抗和一阵臆想的丧钟中。一场舞会?一场在意大利举行的舞会,就像在司汤达时期!

在圣马可广场上,就是蒙田时代的威尼斯人所称呼的"拥挤的外国人"。问题只在于理发师和化妆师没赶上火车或飞机,"他们是被最后时刻的背弃而牵累的头盘"——掺和其中的

---

① 意大利复兴运动(Risorgimento):19世纪意大利争取民族独立、国家统一的运动。
② 约瑟普·布罗兹·铁托(Josip Broz Tito,1892—1980),南斯拉夫革命家、政治家,曾任前南斯拉夫总统。
③ 卡纳雷吉欧(Cannaregio):威尼斯北部地区名。
④ 巴伐利亚的路易二世(Louis II de Bavière,1845—1886),巴伐利亚国王(1864年—1886年在位)。1886年6月13日,路易二世和他的私人医生淹死在一座城堡广场前的喷泉池里。

有当地政策、美国媒体、左派清教主义和不满被排斥在外的异议者。

花神咖啡馆露天咖啡座上的鸽子毛比鸭绒被里的毛还要多，丘吉尔斜挂着彩盒，摆出 V 的手势，但不再吸引任何人：那天，V 只代表威尼斯。

是不经意的冒犯还是公然的挑战，想象着一个伟大的爱好者带领着，只是为了复兴威尼斯，让博物馆里大大小小的巨匠名家绘制的画布上的人物，还有被大耳怪用纬纱抓住的女神跳出他们的小圈子，这个设想令人满意。这件事或许别人也能做到，但却只有他一个人敢做；在一个懦夫的世界，他就是一名骑士。

一路上我赞叹不已，威尼斯被红色和橘色装点得灿烂辉煌，让人联想起普罗旺斯鱼汤里面目怪异的岩石鲉①。

我们想早些抵达，为的是参观游览而不被他人看见。门房小心翼翼地检查我们的邀请函，就像一个收银员检查大面额的纸币，因为在这个城市里有太多走错路的人。

时间尚早，B 还没有穿好衣服，他不太高兴地接待了我们。他额头上冒着汗，只穿着衬衣，还未穿上他卡里奥斯特罗②式的西装，一心忙于装饰他的宫殿。

我倚靠在花团锦簇的主阳台上向下俯视，一溜儿的房前，人们纷纷挤在河畔狭小的堤岸上看热闹。拉比亚宫与大运河

---

① 岩石鲉：又叫狮子鱼，产自西太平洋和印度洋，肉质美味，但外形怪异。
② 亚力桑德罗·卡里奥斯特罗伯爵（Count Alessandro di Cagliostro, 1743—1795），朱塞佩·巴尔萨莫（Giuseppe Balsamo）的化名，意大利诈骗犯和冒险家。

之间只隔着圣耶利米教堂,教堂倾斜的样子就好像剧院里的布景架。隔壁高价出租的房子里,一颗颗伸向空中的脑袋重重叠叠挤在一起。

威尼斯所有的小船都蜂拥而至,堵在了城中两条最大的运河的交汇处。

宫殿的窗户上,挂毯伸长了舌头,几幅奥布松挂毯①沿阶而下,浸入运河中。

排气管排出的烟气中有烟草的味道、大风中烤肉店和火把的气息,探照灯径直射向最先入场者。

《充满梦想和诗意的奇迹》讲述的是一个出售印花手绢的女商人,在一把敞开的太阳伞下出售圣马可广场的狮子,狮子的一只脚踩在福音书上。

那一晚威尼斯的节日形象更增添了它不真实的一面,参加节日的群众将一个城市的黑夜变成了白昼,藏在角落里的大灯随着行进的人群移动。

表演的主题:浪子马可·波罗,回到了家,给亚得里亚海带回了奇彭代尔②式的中国家具的和里奥达③画笔下的土耳其人。

所有国际媒体的摄影师都将他们闪光的镜头对准了最先出场的角色。

在几艘比布森陶尔战船还要华丽的鞑靼人的平底帆船上,

---

① 奥布松(Aubusson)挂毯:出产于法国奥布松镇的挂毯。
② 托马斯·奇彭代尔(Thomas Chippendale,1718—1779),英国家具设计师。
③ 让·艾蒂安·里奥达(Jean-Étienne Liotard,1702—1789),瑞士画家,被人称为"土耳其画家"。

两只无尾猕猴立于一个橘色平台的两侧,一个胡子上了蜡的加泰罗尼亚人让阳光照耀着自己。随后是几个镶嵌着银丝图案的巨人。歌剧《戈雅之画》①突然在后面出现,剧中角色都由戈雅作画的模特后代扮演,喝彩声响彻街头巷尾。

火流从漂浮的祭坛上落下,一路飘向卡纳雷周的入口。在卡纳雷周,游行的队伍踏上了一块浸泡在黑色运河中的萨伏纳里地毯②。女士们又看到了陆地,她们在摩尔修士们的搀扶帮助下,颤颤悠悠上了岸,两旁是黄色的大帆船,整齐有致的船队。

鲜花装点的穆拉诺吊灯照亮内廷,这些吊灯精美得就像文艺复兴时期威尼斯宴会上用来装饰的糖丝。内廷里人们已经在为几幅绘画而忙碌,这些栩栩如生的画描摹的是挂在墙上的博韦挂毯③,即著名的《大陆》挂毯。

不用担心未来,快乐的欧洲,石油的亚洲,慵懒的美洲,《憨第德》之王们,成群的飞机,无数的船主,大家都不断地在角落的教堂前来来往往。圣耶利米忍不住在那里悲叹:"你们径直走向墓地……"他叫喊着:"小心圣米歇尔岛!"

二十年前的这个夜晚,压轴的是个戴着面具的卡特琳娜二世,她穿着一件短上衣,腰间束着一条宽大的天蓝色腰带,像个

---

① 《戈雅之画》(Goyescas):西班牙作曲家恩里克·格拉纳多斯(Enrique Granados)创造的歌剧。他因钟爱画家弗朗西斯科·戈雅的作品而创造了钢琴组曲《戈雅之画》,后被改编为歌剧。
② 萨伏纳里(Savonnerie)地毯:萨伏纳里是法国一地毯厂名,该厂原为肥皂厂。
③ 博韦(Beauvais)挂毯:产自法国博韦市的挂毯。

玻璃商一样全身上下戴满乌拉尔钻石①：她已经不在这世上了。我又看到身穿白色和金色服装的路易十四，散发着如同令人心醉的香水般的胜利气息。他夸张的奢华使他身着高级时装的同行黯然失色，后者一头浓密的金发，像颗跟在他身后的彗星；现在，他们都已经去世了。接着是个巴黎的佩陀隆内②，他高高端坐在轿子上，俯视着好奇的人群，这是辉煌人生的写照，而现在它已沉睡在安宁的墓地之中。一个打扮成酒神巴克斯女祭司模样的人，这位巴黎的英国女皇，只裹了一张豹皮，让几个加勒比小人走在她前面。她坚硬如铁的双眼，她冷冰冰的笑容，在她被人欢呼喝彩的第二天就永远地消失了。

爱看热闹的人生活的国度里的最后一个城市，就是威尼斯。免费表演是来自罗马人的传统，什么都可供人消遣一番：在门口做蛋黄酱的女人，画架前的英国女人，某艘贡多拉长椅上的孤身歌手，甚至是一脚将球踢进正在觅食的鸽群中的小孩……

节日庆典离开了拉比亚宫以后，又在 B 广场上继续进行，那里对庆典企盼已久。为了回到车站方向的旅馆，我们得穿过圣耶利米墓地。除了房屋外，那里的一切都在跳舞。杂技演员们参照博物馆的木头模型重现了著名的金字塔造型，人称"赫尔克里③的力量"。戴着面具的漂亮女人加入人群，人们毫无保留地赞美她们。地中海沿岸居民的自然民主不会将一楼的主

---

① 乌拉尔(Oural)钻石：产自俄罗斯乌拉尔山的钻石。
② 佩陀隆内(Pétrone, 27—66)，古罗马作家。
③ 赫尔克里(Hercule)：希腊神话中的大力神。

厅与铺砌的地面区分出来。（我第一次参加这个庆典是在亚平宁山脉的维格雷诺城堡，当时整个村庄都涌入了这座城堡。就是在这座城堡里，玛莉亚离开园丁的怀抱，又投入司机的怀抱之中。）

人们的头顶上，一个打扮成熊模样的走钢丝者从一个屋顶走到另一个屋顶。杂技艺人和搭金字塔的街头卖艺者与电缆的走线架齐高。吹牛者的夸夸其谈和外来小丑的插科打诨盖过了运河中水上比力者溅起的水声和踩着高跷的杂技演员的叫喊声。让·德·卡斯特拉[①]在离开一场市政厅的舞会时，厌恶地说道："这舞会就是街道……带屋顶的街道。"在威尼斯，街道就是没有屋顶的宫殿。

二十年时间就足以让人们卖掉拉比亚宫，将它变成一个阴暗的半岛政府部门。

在我写下这几行字后，那晚威尼斯的活动组织者本人重新出现，他也已经从人影边来到了纹章的左边。

热闹的画面后，是死气沉沉的大自然。

1954 年
乔尔乔内画展

在我 20 岁时，人们只信从乔尔乔内。贝伦森[②]和邓南遮不

[①] 让·德·卡斯特拉（Jean de Castellane, 1868—1965），法国政治家。
[②] 伯纳德·贝伦森（Bernard Berenson, 1865—1959），美国艺术史学者。

久前发现了他。突然之间一切都归于这个早逝的英才。人们从提香、奇马·达·科内利亚诺①、塞巴斯蒂亚·德尔·皮翁博②、老帕尔玛③和洛托④手中拿走他们的作品,将它们归还给伟大的无名者。我用最初的积蓄购买了贝伦森的书籍,在他的书中,我突然发现了乔尔乔内画中普桑⑤之前的风景、彩色的音乐、浪漫主义(《暴风雨》)、明暗对照法的敏感、手持短双颈鲁特琴的牧羊人营造的德彪西式的氛围,就像伊莎朵拉·邓肯的面纱。我记得我曾经乘着一辆最早出产的福特车虔诚地前往瞻仰卡斯特尔弗兰科⑥(我没敢承认我在《圣母玛利亚》前的失望……)。

今天,威尼斯举办了画展。在目录的前言中,皮埃特罗·泽姆贝迪⑦没有掩饰住他的失望之情。乔尔乔内还剩下什么呢?三幅肖像真画!这是怎样激烈的战场之夜啊!评论家们只对收藏于卡斯特尔弗兰科的《帕拉》、维也纳的《三个哲学家》和公民医院的《暴风雨》意见一致。一个半世纪后,人们从拉斐尔手中拿回了收藏于列宁格勒的《朱迪思》,暂时还给了乔尔乔内。但是,对于柏林的《年轻男人》、维也纳的《年轻女人》、阿什

---

① 奇马·达·科内利亚诺(Cima da Conegliano,1460—1518),意大利画家。
② 塞巴斯蒂亚·德尔·皮翁博(Sebastiano del Piombo,1485—1547),意大利画家。
③ 老帕尔玛,即帕尔玛·伊尔·韦基奥(Palma il Vecchio,1480—1528),意大利画家。
④ 洛伦左·洛托(Lorenzo Lotto,1480—1556),意大利画家。
⑤ 尼古拉斯·普桑(Nicolas Poussin,1594—1665),法国画家。
⑥ 卡斯特尔弗兰科(Castelfranco):乔尔乔内出生地,威尼斯附近的一个小镇。
⑦ 皮埃特罗·泽姆贝迪(Pietro Zampetti,1913—2011),意大利学者、教授。

莫林博物馆①的《圣母玛利亚》、德累斯顿②的《睡着的维纳斯女神》以及维也纳的《握箭的青年》，人们仍然存有疑问。至于《田园合奏》，据说这是他与提香的合作之画……《生病的男人》可能是雷奥纳多的，甚至连彼堤宫③的《三个时期》都还给了洛托。乔尔乔内最出色的画都丢失了……其他的画作由他画室的同学提香修复。他们曾一起在贝利尼处学习，但提香没有像乔尔乔内一样在33岁就不幸地死去。

在意大利的艺术批评中，人们都只谈论混乱、云雾中的土地、乔尔乔内的影响和起源……乔尔乔内正在远去……

1964年4月
疯狂的拍卖

已经是上午10点了，灰蒙蒙的天空会让人以为还是黎明。尚未梳洗的威尼斯让人想起马克斯·雅各布的明信片，水粉画上碾碎的雪茄表示郊区的轻雾。凛冽的北风噬咬着我的腰，震动的意大利马达像是弓上射出箭后颤动的弦，我们在嘈杂的马达声中走向大运河，走向寒风侵袭的水面。

拉比亚宫的拍卖于正午时分开始。身着紧身西服上装的R先生，有个知识分子的额头，而体型却像个少尉。他目光清晰

---

① 阿什莫林(Ashmolean)博物馆：位于牛津，是世界上第一所大学博物馆。
② 德累斯顿(Dresde)：德国城市。
③ 彼堤(Pitti)宫：位于意大利佛罗伦萨。

而坦率,是世上所有财富的估价者,他带我前往那里的拍卖会。拉比亚宫,是最后一个吐出财富的威尼斯宫殿。它知道人类的任何拥有都只不过是暂时保管。

我们阔气的朋友 B,曾决定要与时代对抗。重建一座宫殿,就如同撰写《追忆似水年华》。宫殿一完工,B 就不再关心了。

普鲁斯特一直梦想着大战结束后他想要做的事情,他已经在想象着"像雷雅娜一样"拥有一座威尼斯宫殿,"当黎明在大运河上升起时",他会让人在那里演唱普莱[①]的四重奏,为他弹奏福莱[②]的曲子。

这些装饰着壁画的宫殿在它们那个时代是如此出名,以至于雷诺兹[③]和弗拉贡纳尔[④]不辞辛苦来到威尼斯描摹这些壁画。以前,本世纪初的时候,当导游指着拉比亚宫著名的顶棚上的绘画时,他就会这么说:"先生,这幅画是珀伽索斯[⑤]击溃了柯罗诺斯[⑥]。"

从此谁会将时间击溃呢?

在我们沿着运河而上时,R 先生向我讲述了拉比亚家族的故事:拉比亚宫被屈辱地统治了半个世纪,金餐具被扔出窗外,提埃坡洛、佐尼奥[⑦]、马尼奥、迪兹亚尼[⑧]曾经作画的雪白墙壁被拿

---

① 杰哈德·普莱(Gerard Poulet,1938—   ),法国小提琴家。
② 加布里埃尔·福莱(Gabriel Fauré,1845—1924),法国作曲家、管风琴家、钢琴家以及音乐教育家。
③ 乔舒亚·雷诺兹(Joshua Reynolds,1723—1792),英国画家。
④ 让-奥诺雷·弗拉贡纳尔(Jean-Honore Fragonard,1732—1806),法国画家。
⑤ 珀伽索斯(Pégase):希腊神话中的奇幻生物,后成为飞马座。
⑥ 柯罗诺斯(Chronos):希腊神话中的神,代表的是时间。
⑦ 佛朗西斯科·佐尼奥(Francesco Zugno,1709—1787),意大利画家。
⑧ 卡斯帕尔·迪兹亚尼(Gaspare Diziani,1689—1767),意大利画家。

破仑毁坏,拉比亚家族将宫殿卖给了洛布科维兹家族①。直到一个居然也叫"拉比亚"的南非工业巨头从后者手中买进了拉比亚宫,他想将拉比亚宫作为故乡。因为人们跟他讨价还价,他玩了这个文字游戏:L'abia o non l'abia, saro sempre labia②。

我们要跨过堆成街垒一样的画布和托架,这些画布因为被取下来而显得更加庞大。从楼梯上搬下的托架的镀金日益减少,被拍卖会洗劫一空的客厅满目狼藉。天花板上的吊灯已经卸去,露出老鼠洞和不停向下掉落灰墁的破烂砖块,支撑它们的侧柱已被蛀虫侵蚀。脚步踏在没有地毯的地面上,发出粗沉的声音。那儿,那些身上系着金穗带,就像是海上督军的意大利仆人已经消失了。现在几个工人正拿着长颈大肚瓶在这里喝酒。

巴洛克建筑洋溢着幸福,它是无法经受无人照管的。

内庭里,高级国际二手商已经就座,从威尼斯街头巷尾而来的低等掮客们只能远远地羡慕这些人。从切尔西③和曼哈顿赶来的专家和推销商,手中拿着放大镜,被淹没在贵族肖像和总督雕塑的洪流中,以为自己误入了歌剧院后台的杂物间。税务员、威尼斯税务官、财政部和外国海关的密探监视着要参加拍卖的人。

R先生的象牙锤子下,整个艺术爱好者的生活烟消云散,物品是没有主人的。

---

① 洛布科维兹家族(Lobkowitz):罗马帝国波希米亚的一个贵族家族。
② 原文为意大利语:"不管我是否拥有拉比亚宫,我将永远是拉比亚。"——原注
③ 切尔西(Chelsea):英国伦敦一个富人区。

提埃坡罗的画将被孤零零地留下,它们的命运就挂在空荡荡的宫殿墙壁上:《摘草莓的黑人》、《白马》、《音乐家长廊》、《安东尼奥和克里奥佩特拉登船》、《百夫长的猎犬》,还有《银餐具》中著名的透视画法。墙壁上方,是成群的女神,壁画将她们永远留在了那里。从今以后,她们便是这冷清的拉比亚宫的主人,带着永恒的笑容,就如同《莱茵河女神》的笑容一样。

从门像柱上取下的这些漂亮女人像,它们会沉睡在谁的怀抱中?这些巴克斯酒神,他们将在哪里醉酒呢,而这些色列斯谷神①又将在哪里带来丰收?画布上身披貂皮大衣的总督们,扬着黑色的眉毛,好像在吓唬拍卖会的竞标人。他们登上的不再是巨人楼梯,而是拍卖会的楼梯。元帅们紧握指挥棒,发出攻击的命令,拍卖会的吆喝却更大声了。用来午休的长沙发弯曲而舒适,压弯了搬家工人的背,吊灯的分支悬挂在买主的胳膊之上。不计其数的估价清单里,充斥着大量的中国大瓷花瓶、大烛台、耳环宝石、罐子和花瓶。拍卖会上出价最高的是不再迎击波涛的舰首以及适用于希腊船主候客厅的徽章。

"十万里拉,还有没有人?"

伊斯特拉大理石建造的光秃秃的穹顶下,回响着"没有人了……"

这是一种生活的灭亡,不是那些大收藏家的灭亡,而是大爱好者的灭亡……意大利可不是他们的墓园……

---

① 色列斯谷神(Cérès):罗马神话中的谷物女神。

1964 年

正如 1917 年,我曾目睹威尼斯将它的一隅阴凉之地嵌入我远居他乡的生活中。当我走出这场拍卖会时,我同样看见 60 年代的威尼斯在我的成年和老年之间挖出了一道壕沟。当我以为是自己在开辟道路时,总是有某些东西,或某些人牵引着我,过去一直如此,现在也一样。

我注视着这个昨日的世界,没有怨恨、也没有遗憾。只是,它已不再是那个世界。至少,对我而言是如此,因为它无所顾忌、无拘无束地在一个略加粗暴和封闭的天地中继续着,那里的道德和恶行必须保持一个近乎恒定的平均水平。我没有怨恨、没有遗憾地注视着它,只是它的习惯已不再是我的习惯。理发师用推子为我理发,在饭店里,我得坐在客人的对面,而不是像以前一样一起坐在长椅上。旅店将我的狗拒之门外,当我到达时,服务员不再接过我的车钥匙为我停车。只有希腊的田园饭店还允许我到炉灶边选择菜肴。在巴黎,人行道和车行道已没有区别。开会时,这些留着胡子、戴着假发的人我一个也认不出,他们的名字多得令我晕头转向。过去,地中海就是我的游泳池。而现在,如果我要在里面游泳,就必须得到俄罗斯舰队或是美国舰队的许可。风湿病使我不得不前往维泰勒[①]。

---

① 维泰勒(Vittel):法国东北部城镇,当地有著名的矿泉疗养。

晚上，人们可以空着手，不拿酒杯就出门吗？这会扫人兴致，得罪当地的女主人，她的晚餐会因此而受影响。绘画曾令我愉悦，而现今的绘画是违背传统的。我问罗伯特·布列松①："您作过画，为什么没有继续呢？"他回答我说："因为我可能会自杀。"至于十二音体系②的音乐，只要想到这个我都宁愿去死。

我难以尽职，除了让出位置，我在这人世间已没有什么好做的了。我永远都不会习惯各种电子工具，也不会习惯于生活在一个其命运将被离我家六公里的地方掌控的国度中。

这个世界里的一切都让人倒牙：这里的每时每刻都是高峰时刻，这里的学生都想成为爱因斯坦，这里的夫妻们搂抱着前往市场，就像他们自己在电影中看到的那样，真是令人心烦。他们在大庭广众之下的接吻已不再是接吻，而是把接吻当饭吃。女人的肉体像肉一样供人挑选。最不公平的是，现在的年轻人比当年的我们要漂亮得多。

昨天，在一座加拿大的小教堂里，人们在做弥撒时递给我一个纸箱子，大家都从里面掏出圣餐面饼。当我还是孩子时，人们曾教导我触碰圣餐面饼，即便是还未祝圣的面饼，也是亵渎圣物。我借故推辞了，告诉他们我早上没有告解，所以不能领圣体。人们笑了笑，在没有告解的情况下吃圣餐面饼是个惯例。

---

① 罗伯特·布列松(Robert Bresson, 1901—1999)，法国电影导演，早年曾学习绘画。

② 十二音体系：现代派作曲手法之一，由奥地利作曲家勋柏格于1921年创立。

我缺席太久了，在我的家乡，人们说着一种我已无法听懂的陌生语言。而且，还没有词典。

衰老的迹象并不明显，人们越来越不明智，越来越不愚蠢。

秋季，濒临枯死的叶子活起来，立于轮圈之上，滚向冬季。

1963 年
小夜曲
196……年

这个小广场让我想起某些东西……

那是一种往昔的沮丧，一种沉睡于此的不如意，数年来一直没有被记忆唤醒……我现在回想起这件事，只是因为在如此长久之后，它似乎具有了象征意义。

这些威尼斯猫从不挪动位置，它们也一样，对于汽车没什么好惧怕的。我要责怪它们的，是它们从来不问好。这些猫看起来就像是属于大地似的，它们不戴小颈圈，肚子像支扁扁的布列塔尼风笛。在这座没有树木的城市里，它们已经不会攀爬。它们对生活感到厌倦，因为老鼠和鸽子太多了。

这就是其中一只，它被画在这座小房子的外面。我想到了丁托列托和乔尔乔内，他们的美术生涯都是从为建筑正面作画开始的。

我在那里……落后了这么多年……

C 漂亮迷人，即便是她的鬼魂也能将我迷得神魂颠倒！谁不在死前勾引人呢？C令我陶醉，她当然不会让无辜的人堕落，但是多少次我生气地离开了她，因为她搅乱了我的心。只要她一回头，我所有的怨恨就会烟消云散，这令我更加愤怒。

该如何解释这一切呢？一颗傲慢的脑袋，深邃的黄眼眸如同玛瑙之心，多疑的鼻子上有一对颤动的鼻孔。狂热的头发，如同一场任何帽子都无法扑灭的大火。她是数个世纪的混合体，她骄傲如同文艺复兴，又肤浅如巴洛克。她是女皇也是个旧货商，是预言家也是少女。

她一生都在威尼斯境内旅行。她会在贵族家中住上一年，也会在穿珠女工或朱代卡岛的船夫家中待上一个季节。她从不看书，而有时又是如此博学，她是从何处获得这些知识的？这个美丽的肉体之谜，直到今天我们也无法解开。

她是那么美丽诱人，仅仅一出现便是名副其实的道德败坏。她身材十分高大，像个行家一样把你从上到下打量一番，将人看穿。人们总觉得，对她施加压力也无济于事，她也会像螃蟹一样把你掐得够呛。她从不乞求宽恕，永远只是出借，从不献身。

这就是小广场上的小房子和用坦培拉画法画在边饰上的猫突然之间让我想起的。

"您今晚过来吧，吃过晚饭后……不要从水门进来，太显眼了。从后面过，墓地是一直没人的。"

晚上，门微敞着，客厅里没有人……

如果C改变了主意的话，她应该不会开着门的。她在等我，期待着我，忠于（就像人们说的）约会。我径直走向卧室，就像一个贪吃鬼直奔向厨房。可是卧室的门锁着。

"C,是我!"

我感觉到她就在门后。

我透过锁眼朝里望,锁眼被一件衬衣挡住了。C喜欢恶作剧,我知道她喜欢捉弄人。她为什么要勾起我的欲望呢?

我将耳朵贴在门洞上,手扶着门框冰凉的大理石,屏住呼吸:里面有两个女人。我听到了她们的声音,她们对这门口的把戏感到心满意足。这舐饮声,并不是水在拍打屋子的门槛……我什么都逃不掉了,像只来不及尖叫一声就被猛兽吃掉的兔子……

然后,是一阵寂静,彻彻底底的悬念。我敲了门,希望这只是开场小戏,因为我知道C喜欢跟人一起捉弄别人。还是静悄悄的。

每一分钟都令我更加窘迫、孤单、被排斥在外。

那天晚上,我失望至极,门一直没有开。工业在各个地方都战胜了农业。

我一直不知道那晚的秘密。后来,我听说了一个家族表姐妹之间的故事。是谁要把门关着?是C成心如此还是因为另外那人的嫉妒、害羞和她对秘密的爱好?或者是因为示众柱上的我自己?

现在这两个人都已经死去。她们苦难日深,在他处呻吟。在小房子的入口上方,我找到了房屋正面用胶画法绘成的边饰:那儿画着一只猫,正对着两条熏咸鲱鱼垂涎欲滴。

我回到旅馆,自我反思,痛苦地思考着当今男性所扮演的角色。可怜的胜利者啊,他们在女性光芒四射的胜利前俯首称臣,败下阵来。他们是被统治的统治者,世家旧主们都去做买卖了,就像马塞尔·儒昂多①,他所作的关于爱丽丝的美妙描绘是因为他被奴役。(跟所有男人一样,马塞尔胆小懦弱。让他得救的,是在最后一刻,他靠着比女人更女人的敏感重新站了起来。)

我思索着,原始母权制的曙光又重现了。无论是唐璜②还是鸨母,众多的陈词滥调为我们渲染着他们专制的威严,然而他们靠的不过是些顺从的可怜姑娘,她们放弃了自身的权利。最近的美国妇女罢工便是《吕西斯忒拉忒》③的重演。民主是弱者争取权利的手段,它将女性与前战败者、黑人、家佣、无产者以及儿童排在一起,这些人都翻身做了主人。人民大众会改变构成,但他们仍然是人民大众,这就是"革命",这个词的词源指明了它的本性:回到出发点。女性将会摆脱困境,完善她们的抽水泵。我好像又看到了那些英俊的柏柏尔④农民,他们被妻子拉下里夫山⑤,强行拖到市场上。我常在丹吉尔遇见他们,他们被妻子推进商店,把大把的钱花在毫无用处的项链、花花绿

---

① 马塞尔·儒昂多(Marcel Jouhandeau,1888—1979),法国小说家和传记作家。
② 唐璜:西班牙的传说人物,以英俊潇洒和风流倜傥闻名,常常为"情圣"的代名词。
③ 《吕西斯忒拉忒》(Lysistrata):古希腊作家亚里斯多芬尼(Aristophanes)的剧作,鼓吹女性发动性罢工,以此作为终结战争的手段。
④ 柏柏尔人(Berbères):西北非洲众多文化、政治和经济生活相似的部落族人的统称。
⑤ 里夫山(Rif):位于摩洛哥。

绿的绸缎和奇丑无比的家具织物上。一回到家中时，他们就把翩翩风度留在了门外，他们又回到了苦役牢狱。

1965 年 9 月
在钟楼之巅

在钟楼之巅，威尼斯一览无余。城市向四方伸展，就如同纽约的高楼林立，城市的一片橙红色，就如同伦敦相间的黑色与金色。威尼斯的一切经过暴雨的冲刷，像足了一幅水彩画，有断裂的白色，死气的米色，被房屋正面金枪鱼肉一样的暗红色映衬着。一阵狂风摇晃着泻湖，推动着云彩，这些轻飘飘的云朵就像丽都岛上的赛船新挂的尼龙船帆。

钟楼顶层的铁丝网让轻生者放弃了轻生的举动，透过铁丝网，我看到圣马可教堂紧紧贴着宫殿，它既是避难所、宝库，也是共和国内幕的泄密口。从平台向下望，人们能更清楚圣马可教堂的真正角色，它既不是现在的公共建筑，也不是人们以为的大教堂，而是一座附属于宫殿的私人小教堂。

我在入口处认出了那四座斑岩骑士雕塑，它们的鼻子像拳击手的鼻子一样被打碎了。吕西普斯①的四匹马跃入云中，低下的马颈上还留有金箔。它们为自己身处显眼位置而得意洋洋，却又悲叹，悲叹它们这些暮年英雄不能与科雷奥尼的坐骑

---

① 吕西普斯（Lysippe，公元前 395—公元前 305），古希腊雕塑家。

对峙，也不能在紧要关头与维托里奥·伊曼纽尔跳跃的坐骑战斗，它们是威尼斯仅有的几匹马。

也许圣马可广场上的那几匹马已经为它们1798年的巴黎之行感到后悔了，后悔它们永别了流泪的威尼斯人，一直走到了码头，登上法国"感性号"三桅战船，和所有意大利乡村绘画一起抵达了土伦①，后悔在战神广场上成为单峰骆驼后的压轴戏，更后悔被安置在卡鲁索凯旋门②，被镌刻上官方的话语：

若是装饰你宫殿的梁顶，
那是出于德行的权利，而不是征服的权利。

一艘巨大的英国航母停泊在圣乔治马焦雷岛前，使得远近的比例都走了样，远处地平线上的丽都岛也被挡住了，它像只在水面沉睡的鳄鱼。我在高处瞭望水流的流动，盐分改变了水流的颜色，古色古香的绿色水流横穿过出土玉器般的浊绿色水流。淤泥中打着木桩作为水道上的路标，到处是各种不会移动的障碍，只有舵手和老渔夫能够在其间找到道路。

歌德和泰纳③也曾描绘过在此处的匆匆一瞥，他们看见夸德里咖啡馆的桌子像多米诺骨牌一样放置在旧行政官邸前。在钟楼之巅，我想起了拜伦的话，"只有大自然不会撒谎"……

---

① 土伦（Toulon）：法国南部沿海城市。
② 卡鲁索凯旋门（l'Arc de triomphe du Carrousel）：位于卢浮宫范围内的卡鲁索广场上的凯旋门。
③ 依波利特·泰纳（Hippolyte Taine，1828—1893），法国史学家兼文艺批评家。

威尼斯除外，它让大自然也撒了谎，并且它超越了大自然。唯有人类才敢如此违背物理法则和建筑规律。除了筑巢的燕子外，还有谁懂得用柔软的泥土来建造坚固的房屋？有人敢于行走在这淤泥间吗？

画家们说："物品总是比它的倒影更明亮。"唯有威尼斯的倒影，在我们的记忆中，要比真实的威尼斯更加光亮。

谁会重演这一切？

1965 年

我在3月22号街，旧书商卡西尼的书店中找到了威尼斯最后一任总督卢多维柯·马宁①的回忆录："1797年5月10号，法国人已经抵达梅斯特雷，任何抵抗都是徒劳的。共和国已经叫来了达尔马提亚的部队，但人数还不够多。威尼斯可能会一无所有，面临着被掠夺和战火的威胁。"总督接着写道："今天晚上，我们不再安睡在床上。"可怜的马宁，他雄辩的部队只是个在树下酣睡的阿多尼斯②。

十人议会决定告知领事维尔塔③，威尼斯政府将会"友善地"接待法国军队，这个词过火了，维尔塔回敬总督"让威尼斯

---

① 卢多维柯·马宁(Ludovico Manin, 1725—1802)，威尼斯共和国最后一任总督。
② 阿多尼斯(Adonis)：古希腊罗马神话中的美少年。
③ 维尔塔(Villetard)：即亚历山大·埃德米·皮埃尔(Alexandre Edmé Pierre, 1755—1824)，法国政治家。

人留着他们的友爱吧"。

5月12号,斯洛文尼亚部队再次在朱代卡岛登船前往达尔马提亚。法国人进了城,这将是一场杀戮吗?不是的。马宁流下了眼泪,就好像自狄德罗后人们再也没有流过泪一样。七天后,舞会和假面晚会在凤凰剧院举行,法国卫兵和威尼斯人守在门外。22号,人们在圣马可大教堂唱起《赞美颂》。摊派战争税,劫持人质,《威尼斯贵族金书》被焚毁。凤凰剧院又举行了一次晚会,但不是很成功。波拿巴在几里外的地方叫嚣"我将成为威尼斯的阿提拉",当人们知道这一切,怎么会不害怕?巴拉杰将军①住进皮萨尼宫,举办了一个招待会。与敌人的合作"无精打采"。一个督政府委员会来到威尼斯,他们洗劫图书馆,抢走了五百本书籍和珍贵手稿,以及三十幅最上乘的画作。

8月14号,马赛纳②住进了葛登尼哥宫。拥有一艘以上贡多拉的家庭必须将其余的贡多拉交给侵略者,船夫们要自己养活自己了。征调的平民逃跑了,但是五家剧院仍然营业。塞律里埃③带领一个庞大的智囊团来到了威尼斯。造船厂空空荡荡,布森陶尔战船被放火烧毁。这是威尼斯共和国的灭亡(《卢多维柯·马宁回忆录》,威尼斯,1886年)。

当时的马莱·迪庞④,后来的莫尔蒙蒂⑤,以及今天撰写了

---

① 路易·巴拉杰·迪里埃(Louis Baraguey d'Hilliers,1764—1813),法国军官、元帅。
② 安德烈·马赛纳(André Masséna,1758—1817),法国军官,元帅。
③ 让·马蒂厄·菲力贝尔·塞律里埃(Jean-Mathieu-Philibert Sérurier,1742—1819),法国军官,大革命期间曾任法国将军。
④ 马莱·迪庞(Mallet du Pan,1749—1800),法国记者、政治家。
⑤ 蓬佩奥·莫尔蒙蒂(Pompeo Molmenti,1819—1894),意大利画家。

《共和国灭亡》这篇出色论文的吉·杜马①,他们都对因为放荡的生活而腐败堕落的威尼斯作出了正确评价。13世纪的威尼斯共和国并不比其他欧洲国家更堕落,它的灭亡令它所有的人民潸然泪下。

1797年,威尼斯没有对督政府的士兵进行坚决抵抗。1945年,它同样没有坚决抵抗英格兰将军弗雷贝格②的新泽兰装甲车。威尼斯想要避免掠夺和战火。得胜将军们的名字几个月后就会被人遗忘,签订的条约十年间便已发黄,帝国将永远只是帝国。对于一座独一无二的城市,它的职责就是生存③。

196……年4月

威尼斯的高地与低洼,长久以来,人类生活就在这两个尽头之间摇摆,在高处的铅顶与低处的水井之间摆动。这是一座贫苦渔民的城市,也是一座黄金城邦。瓦格纳演奏《特里斯坦与伊索尔德》④二重奏的那条运河,也是他的葬礼贡多拉经过的

---

① 吉·杜马(Guy Dumas,生卒年月不详),法国人,写过多篇有关威尼斯的论文。
② 伯纳德·西里尔·弗雷贝格(Bernard Cyril Freyberg,1946—1952),英国将领。
③ 1940年春天在伦敦的一个夜晚,我试图用最柔和的语气向保罗·雷诺解释这一切,他想要完全摧毁巴黎。我们四个人刚在阿瓦·威格拉姆家一起用过晚饭,英国军事部部长霍尔·贝利沙先在下议院作了演讲,因此来迟了。他想马上再听一遍自己的演讲,让我们把收音机放在餐桌上,这使得我们根本不能交谈。贝利沙赞成雷诺,现在这两个人都死了,而巴黎还在。——原注
④ 《特里斯坦与伊索尔德》:瓦格纳的歌剧。

运河。赐予我们光荣吧,上帝……

1908—1970 年
人的三个时期

在这行政官邸大楼下,在这晚饭后的散步者中,我将看到多少年月、多少人、多少风尚、多少信条和希望经过……三国联盟时期的军人,腋下挎着军刀,从不离身。他们穿着膨起的马裤,脚踏柔软的长靴,是五突岩的风格。身上佩戴着军人的大徽章,有黄的、蓝的和樱桃红的,头上戴着饰有翎毛的硕大法国军帽,一副单片眼镜,卷曲的髭须活像纪尧姆二世。威尼斯女人披着黑色披肩(她们的木底鞋敲打地面的声音只能在记忆中追寻了),漂亮的外国女人们围着羽毛围巾,高耸的衣领由鲸须撑起,她们一手提着裙子,另一只手拿着玳瑁望远镜或折扇。

接着,是身穿青铜绿色或黄褐色军装,戴着协约国标志的军队。

然后是身穿黑色衬衣,留着巴尔博①式胡子的军人。他们仍旧穿着马裤,只是现在的裤子下垂到了膝盖,是灯笼裤的样式,看起来就像卫兵。脚上还是长靴,但现在的靴子非常硬。齐整的步伐、旗帜、枪束、纪念花环后是绑着护脚套的部长(他们身穿礼服,头戴圆顶礼帽)。妇女更多了,爱运动的女士们戴

---

① 伊塔洛·巴尔博(Italo Balbo,1896—1940),意大利将领、曾任意大利空军元帅。

着遮阳帽,效仿苏珊·朗格伦①或是巴利拉②们的着装……工人的游行队伍……1935年左右,希特勒布料的制服取代了墨索里尼式的着装风格:白色制服上装下搭棕褐色长裤。

历史的洪流滚滚向前,如今的时代属于个性解放。美国夹克到处可见,高帮军靴,MP臂章,牛仔衬衣,开门领,还有装在手枪套中的柯达相机和鲁克望远镜。

最后是现今的风尚:垂柳般浓密的长头发,防水衣下露出喇叭裤,旧窗帘裁成的裙子在污泥上拖过,光脚穿着凉鞋,睡袋斜挎在肩上,这是对原始的瞻仰。这是任由消逝的年代,人们说着"我们就在这里睡吧,去更远的地方是没用的"。

我不是卡巴乔,所以我没有继续展示圣马可广场上的这些鬼魂。我也不是圣西蒙③,他曾写道:"回忆录几乎总是遗漏这些小事,然而这些琐事正是我们在回忆录中所追寻的一切。"

威尼斯的军事部门跟所有国家的军事部门一样,什么都想抓在手里,它与威尼斯市政府展开了斗争。威尼斯仍然布满大大小小的岛屿,只是它们已经没有了战略意义。圣灵教堂,老纳撒拉托检疫站,拉塞莱斯蒂亚,帕露德的圣贾科莫岛,切尔托萨岛……这些古老的修道院,这些已经没有东西需要它们保卫的要塞……意大利帝国已很遥远,旅游局需要更多的旅馆,越

---

① 苏珊·朗格伦(Suzanne Lenglen,1899—1938),法国网球运动员。
② 巴利拉(Balilla):法西斯少年先锋队员。
③ 路易·德鲁弗鲁瓦(Louis de Rouvroy,1675—1755),即圣西门公爵,法国军人、外交家、作家。

多越好。

罗马广场
197……年

  轮胎完成了铁轨所开始的一切。土地展开了对海洋的报复,陆地的拥护者从1931年起就占了上风,作为艺术家的墨索里尼想要将威尼斯从意大利的土地上分离出去,却一直处于劣势。

  在一个巨大的停车库脚下,欧洲扑向威尼斯,飞快地把它吞噬,然后离开。偷备胎的小偷、汽车牌照改装者、货币兑换商、搭顺风车的妓女、流氓无赖,这些人使得欧洲的信徒们更加困惑,这个欧洲正试图黏合它的碎片。

  古砖桥与混凝土天桥相交叉,天桥远远地悬于高速公路之上。欧洲巴士、橡胶轮的八十座小火车与开往尼泊尔的小巴士在高速公路上交错而过。整个圣十字区都在散发着煤气、一氧化碳、仙山露葡萄酒蒸汽和大麻的气味。手提箱从巴士层顶掉落,如同移动冰川上滑落的冰碛,徕卡相机被日本人所超越,十六毫米的电影到处都是,卷成一团的床垫和睡袋,厨房用具比肉馅卷还要丰富,所有的一切都汇聚到这口人性沸腾的锅中,这种沸腾的人性运转了一整晚。在这个阳光无法穿透几千米尘埃的清晨,它试图看清威尼斯的真谛。

  圣马可大教堂的对面是罗马广场,它是长途汽车司机的教堂。在博物馆和生活之间,必须做出选择。

第四章 开始容易结束难

在总督府

1967 年 9 月 23 日

谁可能会重建威尼斯？

有一个人曾在 1917 年 10 月冒险一试，但一败涂地，他就是沃尔皮①，那是意大利历史上最悲痛的一年。在我们勉强能称为坚实的田边，在这个疟疾丛生、蚊虫肆虐、青蛙遍地的地方，他建造了意大利第二大港口——马尔盖拉港。那两千公顷的土地上便布满了提炼厂、铝工厂和氮加工厂。

我们即将庆祝这一惊人伟业的五十周年。正是在此处——总督府，威尼斯城的建造者向该城的重建者——沃尔皮，即米苏拉塔伯爵先生致以敬意。

登上巨人楼梯和黄金楼梯后，我步入大国会厅，入座于某人旁边，此人一直是著名的威尼斯人的福荫。

72 位总督注视着我们，他们的画像排列于墙壁上共和国的

---

① 朱塞佩·沃尔皮（Giuseppe Volpi，1877—1947），意大利企业家、政治家。

胜利场面之间。画像对面是一扇哥特式窗户，朝向夕阳下的圣乔治马焦雷岛和丁托列托所画的《天国》。在我们的头顶上，由委罗内塞绘制的巨型椭圆天棚穿透房梁，犹如纯金雕刻。面对画笔绘制的栩栩如生的云层，这些房梁似乎伸向比真实的天空更高远的地方。柱顶盘消失在这艘空中布森陶尔战船的闪闪金光中。

我最后一次见到沃尔皮，是1943年在巴黎的旅馆房间里。眼见自己的巨作从亚得里亚到利比亚一路遭人质疑，他意志消沉。四分之一个世纪间，一切都消逝了。我又想到菲利普·白德洛常跟我说的话，这句话印证了法国外交部反意大利这一长久传统："跟意大利人在一起绝对别想做出点什么事来，这些平庸家伙。"（对于战争而言，这句话是正确的，因为战争就是死亡，但是就工业、建筑和农业而论，这句话是错误的，因为工业、建筑和农业意味着生活。）

威尼斯人用硬木来对抗暴雨的袭击，并且总能从暴雨中安然脱身。他们所有的房子都有两个出口，一个在水上，另一个在陆地上。

在威尼斯取胜，比在他处取胜要光荣数百倍。

对于威尼斯人沃尔皮而言，今晚是他最后一次荣耀加身。全城人民都汇聚于此，枢机主教和安德烈奥蒂①分别带来了教皇和国家元首的祝福，安德烈奥蒂宣读了电报上萨拉盖特②对

---

① 费德里科·安德烈奥蒂（Federico Andreotti，1847—1930），意大利画家。
② 朱塞佩·萨拉盖特（Giuseppe Saragat，1898—1988），意大利政治家，曾任意大利总统。

这位天才的赞美。财政部副部长带来了他本人的敬意,他向这位墨索里尼时期的财政部部长致敬,感谢他争取到了英格兰银行和摩根大通的援助从而挽救了国家。居民代表和市政府人员都在聆听沃尔皮的生平总结,他的人生经历了数个统治期,其中,没有哪个时期的事迹不能构成一部不朽巨作。沃尔皮半个世纪前所期望的一直都存在着,上万吨甚至更重的油船从马拉莫考港进入,直抵梅斯特雷。在我们国家,人们闭口不谈沃尔皮。在此处,我们只想着安详的共和国的荣耀,而政治已被遗忘。我们停留在威尼斯人中,意大利只有一个世纪的历史,威尼斯却已存在 15 个世纪。俗话说得好:"先为威尼斯人,再为基督教徒!"。

1970 年 10 月

昨天,威尼斯法庭审判了基奥贾[①]的一名摄影师,他因为组织有威尼斯未成年人参加的艺术晚会而被起诉。夜间停放的众多的特雷维索、帕多瓦和的里雅斯特牌照的汽车引起了基奥贾宪兵的注意,他们突然冲进摄影棚,晚会的客人夺窗而逃。辩护律师进行了无罪辩护,他认为关于卖淫罪的《梅林法》并不适用于男性卖淫。

---

① 基奥贾(Chioggia):威尼斯地名。

1970 年 10 月 8 日

阿雷蒂诺①的喜剧《娼妓》的首演于散文节之际在凤凰大剧院举行，由斯坦比尔剧团出演。其中有两个相似的"滑稽角色"：一个锡耶纳人②，是个枢机主教候选人，正在学习如何成为拍马溜须者。有人将他放入一个奇怪的机器中，一种像是窑炉的机器，可以用来制造奉承者。接着来了一个爱吹牛又多情的那不勒斯人，一个女皮条客会让他的事情变得简单，她把那不勒斯人的女神换成了面包商的妻子。剧中还有很多配角形象，最出彩的要数一个奇装异服的文人，他全身上下穿着由手稿缝制而成的衣服，拼凑在衣服上的羊皮纸俨然将他打造成一座书报亭。

这次演出，就像吕西安·都德所说"无聊透顶"。对白用的是地方方言，充满淫秽的暗示，体现了一种最极致的反教权主义风格："土耳其人来了！怕被处以木桩刑，大家都逃跑了，只剩下了神甫们。"观众因为没有渊博的知识而难以理解剧中对当代文学和政治的批判。演员们在五幕戏中一直大喊大叫，却不知道他们在滥用尖叫。今日的戏剧艺术只是一场大声叫喊的拍卖，而拍卖的就是刺激。我们应该教导演员他们不用叫喊，但看起来却要像是在叫喊，演员的技能就在于"像是"。不

---

① 彼得罗·阿雷蒂诺（Pietro Aretino，1492—1556），意大利剧作家。
② 锡耶纳人（Siennois）：意大利锡耶纳省居民。

管上演的是阿里斯托芬①、卡尔德隆②还是莎士比亚,表演出来的却总是布莱希特③。《娼妓》首演的效果,就在今早的《邮报》中:"起初观众爆满,但幕间休息时都逃走了。"

1969 年 8 月

亚得里亚海的尽头,像是一个真正的鱼篓……历史上所有的避难者都藏身其中。它摇晃着泻湖怀抱中没完没了的"大批离去":哥特人、阿瓦尔人、伦巴第人面对这片无法逾越的沼泽,被迫放弃自己的战利品。腓力·奥古斯特④在这里眼看着犹太人从他指间逃脱,教皇也在这里放弃追捕阿雷蒂诺。今天,在离开这个污秽不堪的欧洲前,那些整日游荡的人们,嬉皮士们仍然会先选择威尼斯,其次才会考虑克里特岛和伊斯坦布尔。

在与码头垂直的小巷里有很多小饭店,它们藏在达涅利酒店后面,白天出租行李箱般大小的房间。我从其中一家饭店走出,面对着横跨水面的叹息桥。夕阳照耀着我的双眼,我的目光从桥下穿过,在圣乔治马焦雷岛的西方,夕阳将朱代卡岛的入口变成了一个玫瑰香精水池。

---

① 阿里斯托芬(Aristophane,约公元前 446 年—公元前 385 年),古希腊诗人,喜剧作家。
② 卡尔德隆·德·巴尔卡(Calderon de la Barca,1600—1681),西班牙剧作家。
③ 贝托尔特·布莱希特(Bertolt Brecht,1898—1956),德国戏剧家和诗人。
④ 腓力·奥古斯特(Philippe Auguste,1165—1223),即腓力二世,法国国王(1180 年—1223 年在位)。

一股公山羊的骚味直冲而来：我恰好站在了三个光着上身的小伙子的下风口处,漂泊生活的熔炉已将他们的上身锻造成红色。当然,他们的脖子上挂着金十字架。他们的美比丑更咄咄逼人。一个不满现状的瓦尔基丽①,浓密的长头发散落在被盐腐蚀的肩膀上,看起来是她在管束这三个男孩,这让人想起某些石器时代的母权制。他们的腋窝散发着一股韭菜味,而他们的臀部,则是一股野肉味。他们的睡袋一直裹到颈部,像被枪决的人一样直挺挺地沿着一家货币兑换商铺躺下,各国金币就在他们背后陈列着。他们似乎已经忘了椅子的用处,如此灵活而自然地或躺或蹲。碘色的手指夹着禁烟,第三个人是一个美国人,嘴里反复嚼着口香糖,平添了一份如牛反刍般的兽性。这些人都有些什么呢：一个弄错时代的波拿巴,一个不再写作的夏多布里昂,一个天命难定的危地马拉人,一个没有作品的洛佩·德·维加②? 在80岁的时候想象这些让人脊背发凉。

从丽都岛回来的第二天傍晚,我又发现了他们,他们像佛陀一样坐在瓦波莱迪后方的救生圈上,这些懒洋洋的年轻人就不晓得站直身子。

我们抵达绿园城堡③附近,轮船靠着余速继续划开泻湖的水面,就像柜台上的剪刀剪断一片丝绸。水被搅乱,冒着泡,变成了脏兮兮的雪花,真是名副其实的卡布奇诺。

---

① 瓦尔基丽(Walkyrie)：北欧神话中的战争女神。
② 菲利克斯·洛佩·德·维加·依·卡尔皮奥(Félix Lope de Vega y Carpio, 1562—1635),西班牙剧作家、诗人。
③ 绿园城堡(Giardini)：位于威尼斯。

我把格拉帕酒瓶递给瓦尔基丽,这个可怜的流浪女一把抓住酒瓶,连谢都没说。

我开口说道:"我们用六个月时间变回猴子或者狼,但是要成为柏拉图就需要几百万年的时间……至于想象威尼斯……"

"在我看来,威尼斯就是坨狗屎!"瓦尔基丽嚷嚷着。

"小姐,那就把它留给鸽子吧!"我夺回空酒瓶。

1969 年

秋天的威尼斯,被游人捉虱子般尽情探索着(除了嬉皮士,这些没有好奇心又撑不走的佛陀)。为了防雨,威尼斯的纪念碑都盖上了棉套,这是最沉闷的季节。春天的威尼斯,地面开始冒水,圣马可教堂的钟楼倒映在广场上的水面中。冬天的威尼斯,是气候最为恶劣、最为寒冷的时候。火警保安在钟楼高处监察着从壁炉烟窗冒出的烟火,狼群从多洛米蒂山脉奔腾而下。至于夏天的威尼斯,那是最糟糕的了……

1970 年

今天早上,10 月阴暗的天空。乳白的灰色,如同古代吊灯的颜色,吊灯如此脆弱,以致有人出售用来给它们掸灰的秃鹤羽毛掸子。

1970 年

这个 10 月的夜晚,仍然像是在夏天。水面仿佛一面碎裂的玻璃,在各种船下翻滚:呼号的拖轮,渡船的救生圈上散落着一群群海鸥,领航船拖拉着深海油船的船头,丽都岛的轮渡将装载的汽车从两端吐出,镍、铬、桃花心木的各种摩托艇飞速击打着凝固的水面。优雅的特里同①光着上身,站着驾驶摩托艇——在威尼斯,坐着开船是种羞耻。发咸的湖水搅拌起来又拉开,好像一块床单。这水消失在船底,就像瓜尔迪描绘的船赛,那上面成群结队的贡多拉小船把大运河变成了一座船桥。

同一天

威尼斯不是一间柔美派的修道院,而是一所力量派的学校。巴雷斯能够在这里得到力量,这是他触碰水面而非触碰陆地时获得的。在缪塞时代的红色威尼斯,没有一只船在飘动。那晚的威尼斯,就是一个地狱,充斥着汽笛、激烈的浪潮、被喷气式飞机撕裂的天空。一切都在燃烧,在呼号,在冒汗。

当我们将船停泊在达涅利酒店前时,夜幕降临了,但这场

---

① 特里同(Triton):人身鱼尾的海神。

持久的风暴没有停：船头溅起的浪沫只在经过浮桥时回落，摩托艇刺耳的轰鸣发出五千转的呻吟声，这是让人躁动的交通方式，一切都在反驳那个被称为"死神"的文人的快乐，似乎一切都在叫喊："碎片、遗物、残骸、暮色，受够了！别再哀悼这样一座快乐的城市了，受够了！"

生活在旧时的环境中继续，就像贝克特的戏剧在尼姆的角斗场上演。

威尼斯重新变成它15世纪的样子，像是哈顿城，一座食肉、极端、因繁荣而吼叫的城市。里亚尔托桥就是当时的布鲁克林大桥，大运河是身家数十亿的总督们的第五大道，威尼斯的飞机场让人想起制造帆桨战船的船厂，这些战船由银行家资助。这是一座没有意大利人的意大利城市，就像纽约没有美国人。这里的黑人就是金发的达尔马提亚人和为希腊船主当掮客的犹太人。（因为自拜占庭没落后，从罗德岛和希俄斯①来到希腊圣乔治教堂②附近的希腊人就成了威尼斯共和国真正的国王，希腊最著名的朝臣也是如此。）

通观历史，威尼斯有两面：有时像一潭水，有时像一片无拘无束的大海，有时它在书店的橱窗宣扬麻木懈怠，有时却在远来的帝国主义扩张中突飞猛进（它如此独断专行，以至于信仰基督教的黎凡特人厌倦了它的凶残，最终宁愿归入土耳其奥斯曼帝国。）

人们将会拯救威尼斯，由各国学者领头的研究机构在帕帕

---

① 罗德岛（Rhodes）和希俄斯（Chio）都为希腊地名。
② 希腊圣乔治教堂（San Giorgio dei Greci）：威尼斯的一座东正教教堂。

多普利维尼宫落户,他们将致力于此。这些学者包括一位从洛杉矶乘船而来的烟雾污染专家;一个加利福尼亚人,是个观潮专家;一位地下土层专家,来自马萨诸塞,另外一位是个苏联人,是地震方面的技术专家。这个研究机构叫做"海洋和陆地群体研究所"。威尼斯的命运就在他们手中,他们的宏大计划是根据计算机发送的信息,使用可充气或不可充气的巨型气闸随意封闭潟湖的三个入口。

因为亚得里亚海两边的海岸离得很近,这里的潮汐远比地中海其他地方的浪潮更加猛烈和难以预料,暴风雨在亚得里亚海呼啸,如同在一个海螺中肆虐。(1920年,我在快到安科纳[①]时差点遭遇海难。)

威尼斯每百年下沉30厘米,这并不比世界上的其他地方下沉得更快,但是马尔盖拉港和梅斯特雷因为用泵抽了太多水而破坏了潟湖原有的平衡。

1970 年 9 月

格拉西宫举行了一场饶有趣味的展览:威尼斯潟湖历史展。展览内容包括地质、水文、植物、水运、各个时期贡多拉的演变、狩猎、渔业、文学作品中与历史上的潟湖。有长十英尺的羊皮纸地图,是16世纪萨巴迪诺家族的奥塔维奥·法布里和

---

① 安科纳(Ancône):意大利临海城市。

17世纪米诺雷利和韦斯特里绘制的。有描绘史前大洪水的威尼斯镶嵌画，创作于589年。有表现12世纪威尼斯建城的木版画，当时没有任何机器，也没有任何挖泥船，只有人工劳动力，由两名工人使用木夯手工固定的木桩。这真是一个海狸的国度，正如歌德所说的那样。

还有当地的土壤啊！这里有海泥的样本，有制作早期栅栏的芦苇，还有附在无名泥浆上的苔藓。

有时，我想让自己流血，想象着威尼斯会在我之前死去，它会被无声无息地吞没，最终不在水上留下一丝痕迹。它并非堕入深渊，而是沉到水面下几英尺而已，水面上会露出一柱柱锥形的烟囱和瞭望台，渔民会坐在上面抛出钓鱼线。钟楼会成为圣马可广场上最后几只猫儿的藏身之处。运河上的瓦波莱迪会因为艇上勘察水面的乘客的重量而倾斜，水面夹杂着过去的泥浆。游客们用手指着五个漂浮的水球之间的马赛克上的金线，那些水球是圣马可广场上的圆顶。安康教堂成了货船的浮标，大运河上冒出一个个气泡，那是潜入水中的蛙人在吐气，他们正在沉没的一座大酒店的行李箱里摸索着寻找美国人的首饰。"什么样的预言能让一个民族永远远离罪恶呢？"耶利米[①]说。

威尼斯在沉没，也许这是可以发生在它身上的最美的事情？

---

① 耶利米（Jérémie）：希伯来先知，《圣经》作者之一。

在克里特岛
坎地亚①岛（伊拉克利翁）
1970 年 4 月

这里仍是威尼斯，广场上的摩洛希尼喷泉中有几只石雕狮子，来自伊达山的融化雪水从它们口中流出，流向伊拉克利翁市民。这是一个远离恐怖的布拉风的威尼斯，一个冬天即将结束的威尼斯。广场上咖啡馆的桌椅侵占了人行道，直冲向马路。我看见一个留胡子的东正教神甫，坐在一头虚弱的驴子上经过；我看见卖外国报纸的女报贩经过，这些报纸是由正午的飞机空运到这里的；我还看见上了年纪的农民，他们仍穿着反抗时期的土耳其服装，黑色头巾裹着一头灰白的头发，身穿鼓鼓囊囊的短裤，脚蹬鲜红的羊皮靴子。

威尼斯归还了从希腊得到的所有东西。四个多世纪里，威尼斯都为克里特提供了庇护，尤其是坎地亚，它被土耳其人整整围攻了 23 年。今天早上，我攀上陡峭的城墙，越过粉红色老砖砌成的护墙，又走过一段护土墙，再翻过防御型的外墙，最后来到福斯卡里尼决口的脚下。就是在这里，堤土坍塌，几个世纪以来乱糟糟地卷走大量纹有威尼斯共和国徽章的石块、古罗马石棺和年久失修的护墙。

---

① 坎地亚（Candie）：威尼斯对克里特岛首府伊拉克利翁的称谓。

希腊人及时从这座城市撤离,逃往托莱多①。面对伊斯兰人,坎地亚并没有被抛弃。当时,白人对于自己的霸权行径和亚德里亚总督选定的克里特公爵毫不愧疚。奥斯曼大臣艾哈迈德活剥囚犯的人皮,白人却对他的暴行付之一笑。拉菲雅特公爵②、博福尔公爵③(绰号"菜市场之王",亨利四世的私生子)以及汉诺威④和波西米亚的部队都为西方国家而战,死在了这里,他们的尸体堆积到威尼斯工程师圣·米切里⑤设计的城墙上。

在拂晓时分的老港前方,太阳微风下平静的水面让人联想起洛林的风光。这里什么都不缺,用来制造古老的威尼斯双桅战船的拱顶船坞,巡逻道上断齿状的城垛,被涂着柏油的渔网衬得黑黝黝的半月堡,三角帆船上显眼的花押字挡住了远处被地震摧毁的外堡和地洞。平静的海面还没有被螺旋桨划破,也还没有船队飘过,只有一名潜水渔民的脚蹼在防波堤之间露出,就像一头沉入水中的怪物露出的背鳍。

威尼斯把这里的统治权交给了其他帝国主义国家,最后那个把渔网从敖德萨⑥一直撒到了凯比尔港⑦,它的统治会比迦太

---

① 托莱多(Tolède):西班牙地名。
② 拉菲雅特公爵(la Feuillade):即路易·德奥比松(Louis d'Aubusson,1673—1725),曾任法国元帅。
③ 博福尔公爵(Beaufort):即François de Vendôme(弗朗索瓦·德·旺多姆,1616—1669),此处文中有误,博福尔是亨利四世的孙子,他的父亲才是亨利四世的私生子。
④ 汉诺威(Hanovre):德国地名。
⑤ 圣·米切里(San Micheli,1484—1559),威尼斯建筑师、工程师。
⑥ 敖德萨(Odessa):乌克兰的一个州。
⑦ 凯比尔港(Mers el Kébir):阿尔及利亚北部港口城市。

基人、罗马人、诺曼人、拜占庭人、土耳其人和英国人的统治更长久吗？威尼斯人的统治仍然留在克里特岛，它仍然像是这里的主人。这就是《意大利之旅》①中所说的"伟大的存在"。要相信威尼斯并没有被东方国家驱逐，就在克里斯托夫·哥伦布发现美洲大陆的时候，共和国宁愿自取灭亡。瓦斯科·达迦马②绕过南非海角，将一条致命的曲折航线③传给了共和国，自那以后共和国只存在了三个世纪。但三个世纪仍然很长了，只要想想仅仅二十年，英国就只是个影子了。

中午，我走进市场，那里满眼都是挤破了箩筐的橘子、柠檬，西班牙的红黄辣椒和宰好的小羊羔。造船厂和墓地之间的摊店为了扩张生存空间，拉长了中世纪风格的挡雨棚。这些雨棚本身也在摇摇晃晃地支撑着灰色无花果木做的旧格栅，这些格栅是独立之前修造的。

小旅馆的货摊上品种丰富，咖啡馆的地面被冷餐会上剥落的虾皮染成了粉红色。这些旅馆和咖啡馆里聚集了十几位克里特名流，他们围着一杯水而坐。低档饭店里飘荡着油炸食品的浓烟。成群结队的嬉皮士乘坐的终生娱乐木筏沉没了，他们面对满满一大锅蜗牛洋葱、散发着柠檬丸子香气的烤架，还有乔瓦拉其亚，一种类似希腊式软干酪，塞在面包里的蜂蜜奶酪，令人垂涎欲滴。

---

① 《意大利之旅》(*Italienische Reise*)：德国作家歌德的游记。
② 瓦斯科·达迦马(Vasco da Gama，约 1469—1524)，探险家、航海家，印欧航线发现者。
③ 指瓦斯科·达迦马于 1497 年发现的印欧航线。

在塔基欧酒吧前，一辆装了邓禄普轮胎①、像个史前洞穴的英国小巴士熄了火。一股公共垃圾场的恶臭从敞开的车门散发出来，透过车门可以看到汽油桶上放着几只铝盘子，里面还有啃过的剩骨头。汽车顶棚上挂着几双穿坏的帆布鞋和几个塑料袋子。一股葡萄酒沙司炖猪肉的香味，引得一群北欧模样的人下了车，他们穿着皮衣，勉强戴着黑色眼镜，脸藏在皮毛中，只露出深紫色的鼻子。冬天，嬉皮士们用羊皮袄裹住裸露的上身，这是他们从几个伊达山牧羊人那里买来的。我认出了这群饿鬼：他们是去年夏天我在威尼斯碰到的那群留结构主义胡子的英国人和美国佬。这群人不堪娱乐活动的重负，摸了摸袋底，仔细看了看希腊文的菜单，开始讨论起来。除了偷来的母鸡，他们还想吃点别的东西，但是又怕被人抓住还得被英国领事遣返回国（东正教教会可没有天主教教会对流浪汉的宽容）。那辆小巴士的两侧和后部，可以看到油漆喷的三种语言②的白字：

资产阶级发出恶臭。

我对他们说："一位天主教徒请你们用午餐。"

如果我们不觉得一个在克里特岛的大风中，坐在纸板箱上吃着两德拉克马③意大利细面条的流浪汉，比一家围坐在桌边，

---

① 邓禄普(Dunlop)轮胎：英国轮胎公司，于1888年最先开发出充气轮胎。
② 希腊文是 ὁμιχρόαεστος βρμχει。
③ 德拉克马：希腊货币单位。

吃着甜葡萄酒炖狍子腿的传统法国家庭更亲近的话,大时代又有什么用呢?

高速公路的爱好者,我常常会嫉妒他们。他们让散乱的梦想凝固,正如巴尔扎克说的"莫西干人①的生活"。他们让我想起了我们的1920年,我们辱骂社会,我们渴望破坏,在《凡尔赛和约》杀害欧洲时,我们将挑战书写在海报上。他们让我回忆起我们的"一切之火","燎原之火"。这些人,等他们结束在虚无边缘的游荡后,将会做什么呢?我嘲笑他们,我抱怨他们,我嫉妒他们。

我询问他们的作息时间表。

"我们重新创造了人类和地球的关系。"这就是他们的回答。

我期待着大不列颠的瓦尔基丽突然出现在小巴士上,那个直接拽着酒瓶喝光我的格拉帕,还辱骂威尼斯的瓦尔基丽。我回想起她头带下的蓝色眼睛冒出睫毛膏的焦油,棕红色的嘴唇,下身穿着从巴尔纳比街②买来的裤子,长长的裤子从地面的痰上拖过,一双大脚因为污垢而裂开,脚趾涂成了银白色。

这些巡游的猿人接受了我的邀请,嘴里塞得满满的,打着大蒜味的饱嗝,向我讲述圣诞节前,他们在利比亚海边是如何按照古代仪式将他们的一个女伴火葬的。那天早上,这个女伴在吞下大量乳香、茴香酒和海洛因后就没有醒来。她本是个终生教会贵族的女儿……"这也是她吸毒的原因……事实上,她

---

① 莫西干人(Mohican):美国东北部的土著,后迁移到威斯康星州东北部。
② 巴尔纳比(Barnaby)街:位于美国。

因为自己不是英国世袭贵族的女儿而感到痛苦。"小巴士司机边用手挠着他那头活像鬈毛狗狗毛一样浓密而油腻的长头发，一边说道（一口马德林口音，像是英国广播公司播音员）。"我们可以想说什么就说什么，但是《伯克贵族名谱》①，将永远是他的小红书。"

1971 年
的里雅斯特，珀尔塞福涅别墅

从威尼斯到的里雅斯特的火车在新高速公路后边轰鸣了两小时，沿途一路经过耶索洛、阿奎莱亚、蒙法尔科内②。玉米地里立起了摩天大楼，管道藏匿在生长着红柳和柳树桩的葡萄园中。工业使威尼斯一路向北扩张，沿着亚平宁半岛这只靴子一直爬到了大腿根部的的里雅斯特。

我横穿过的里雅斯特，司汤达曾经通过"非常规调任"（人事处的这种作风在外交部保留了下来），尽可能地从这里逃到威尼斯。一拿到仲裁判决书下达前的领事薪水，他便受到怀疑。奥地利警方指责他在《意大利绘画史》中表现的雅各宾派的放肆。司汤达在 1831 年 1 月着手一部新的作品：《一个犹太流浪汉的不幸遭遇》。主人公全部的身家都装在一个小提琴盒

---

① 红色帆布装的英国贵族年鉴。——原注
② 耶索洛（Jesolo），阿奎莱亚（Aquilea），蒙法尔科内（Monfalcone）：意大利东北部沿海城市。

子里,每次灾难过后,都从零开始。身无分文的司汤达,指望着用路易-菲利普①政府的薪水来购买衬衣,也像不久之后来到这里的乔伊斯一样感到厌倦,他们都在等待死亡对人生的重大调整。贝尔在的里雅斯特就像在米兰和奇维塔韦基亚一样,总是厄运连连。他的祖先名为"常胜",真是对这个失败者命运的讽刺。一个总是过得磕磕绊绊的人,他都战胜了什么呢?贝尔只爱意大利,但意大利却让他身染疾病。他母亲对五岁的贝尔说"抱一下夫人",贝尔却咬了一口那位漂亮的夫人。

别墅的老奥地利式暗门下,飞过一群令人目眩的驯养斑鸠。我穿过一座废弃的公园,径直来到我的两名表姐妹的房屋处,却被一个尖坡吸引住了。那里萧瑟的树木为了得到新鲜的空气,一棵比一棵长得高。四周都是二十一层的楼房,由于没有树叶,在这些楼房里可以通过光秃秃的枝杈看到邻近房屋里发生的一切,这是波伊莱斯夫②或者马蒂尔德·塞劳③小说中的场景。交错排列的梧桐患了风湿病,长满了水泥封堵的老疤。远处尽头是大海,海上,看不见的城市在四处轰鸣,呻吟,低语,等待着吞噬令摩天大楼难堪的老城区。

林荫道分成两个层层叠起的水池,两旁是修剪成球状的黄杨树,小路沿着台阶不断攀升,最后抵达玛丽-泰瑞丝的住宅。这座房子的三角楣饰位于某个已经被苔藓侵蚀的威耳廷努斯④

---

① 路易-菲利普(Louis-Philippe,1773—1850),法国国王(1830—1848在位)。
② 勒内·波伊莱斯夫(René Boylesve,1867—1926),法国作家。
③ 马蒂尔德·塞劳(Mathilde Serao,1856—1927),意大利小说家、记者。
④ 威耳廷努斯(Vertumne):罗马神话里掌管四季、果园之神。

雕像之上，房屋两侧是伪哥特式的塔楼，这是弗朗索瓦-约瑟夫皇帝时代的贵族住宅，住宅燃油的浓烟仿佛让早晨的太阳笼罩上一层黑纱。

我又看到了我的女修士，她们从菜园回来，篮子里装着韭菜，用两个手指夹着几朵从兰花暖房带回的刚刚盛开的爱神展兰，这是她们仅剩的奢侈。吃饭时，宽敞的大餐厅令维也纳的银餐具黯淡无光，这套餐具是往昔宴会的见证。餐厅的顶部，能看到伊莲娜的祖母的画像。她颈上围着灰色绢纱丝巾，留着十分卷曲的短头发，是1875年俄国皇后玛丽亚·费多罗芙娜①和她的姐姐英国皇后亚历山德拉的样式。她看护着午餐（有浓汤）和下午六点半晚餐的仪式。

的里雅斯特是个奇怪的文明孤立区，这座隐匿的城市，居民沉默、犹豫、怯弱，依然散发着昔日的芳香，像个特例一样幸存至今。这座城市在对岸的新兴征服者和金发的埃斯科拉夫人面前，耷拉着耳朵，对自身的拉丁文化感到沮丧不安。

我的表姐妹们能把每个政治决议和散落在加拿大和孟买的家人扯上关系，这就是风暴之后左派和右派专政留给我们的影响。

"特劳特一家……你知道的，他们被纳粹枪毙还被扔进了尸坑。"

"卡丽奥不久前被驱逐出亚历山大城了，提前六小时下的通知……"

---

① 玛丽亚·费多罗芙娜（Maria Feodorovna, 1759—1828），玛丽亚·费多罗芙娜皇后，沙皇保罗一世的妻子。

"……阿里斯蒂德的回忆录不久前在雅典被查禁了……"

"安德烈叔叔在战争的时候死在维也纳了,不过死得多好。他第九十次听了《特里斯坦与伊索尔德》!"

"狄米特仍在多瑙河上做苦役……解放时期,多亏了他女儿戴在手上的镯子,狄米特认出了她。"

今天的特色菜是的里雅斯特式炸鸡,依稀让人想起美国弗吉尼亚州的一种做法。这道菜由一名达尔马提亚老女仆隆重地端上桌。这名女仆因为不想成为南斯拉夫人,而在1944年选择成为意大利人。对的里雅斯特来说,威尼斯处在文明的最南端。

"《帕西法尔》①里的玛塔·莫德尔②真了不起!"

"卡拉扬③不再是二十年前的他了……"

"这个法国女人起着缓和作用……"

"她的瓦尔基丽,多么残酷的屠杀!"

"贝尔塔要去伊雷内家过夏天……"

"索菲在罗马……"

"阿特内斯在萨尔茨堡④等他的大副……"

"希尔德会在2月去马赛等他的大副……"

我的房间已经预备好了,墙壁上,一个世纪前的暖气炉喷

---

① 《帕西法尔》(Parsifal):德国作曲家瓦格纳编剧并谱曲的歌剧。
② 玛塔·莫德尔(Martha Mödl,1912—2001),德国女高音歌唱家。
③ 赫伯特·冯·卡拉扬(Herbert von Karajan,1908—1989),奥地利指挥家。
④ 萨尔茨堡(Salzbourg):奥地利城市。

射出的黑色气柱一直冲到天花板上,那上面巴洛克时期的威尼斯灰墁不堪重负,因为装饰了过多的第二帝国时期维也纳的贝壳。伴着我的小夜灯的,是一杯药茶。在等待我抵达期间,我亲爱的表姐妹们商量了很久:"到最后一天,是给他喝洋甘菊呢还是马鞭草?""当然不是,我考虑一下,橙花吧!我真没头脑!"

明天早上我们要去东正教墓地,因为我想去那里。

150年前的希腊独立,突然间让希腊人向各地散去。一些人重新踏上了古希腊罗马人前往黑海和小麦粮仓的道路,他们从加拉茨走到多瑙河河口,最后到达敖德萨。另一些人则沿着地中海海岸,像盲人一样摸索着前行,一步步抵达了的里雅斯特或者马赛,后来,他们去了孟买、伦敦、纽约。E一家人生活在的里雅斯特,住在他们的海角花园里,或是车站广场的住宅中,这间房子方正厚实,就像一座热那亚的宫殿。现在,他们只剩下了这座别墅,它在今日意大利的不幸中艰难幸存下来。在的里雅斯特,人们把法语讲得完美得如同带有奥地利口音的德语一样,其余人讲的里雅斯特的达尔马提亚语。"亚历山大元帅原本可以在1945年春天登陆,"的里雅斯特人说,"那样他就可以击退克罗地亚的支持者,阻挡铁托进军,使我们免于遭受四十天的驱逐、掠夺和谋杀。铁托想要整个威斯朱利亚地区,一直到伊松佐河,让西方国家'面对既成的事实',在贝尔格莱德和伦敦的谈判整整持续了不下三个月。那些专家啊,他们的A区和B区,多么脆弱啊!为了躲开斯拉夫人抛向它的大渔网,的里雅斯特不得不低下了头。"

1971 年
的里雅斯特墓地

这些不同坟墓中的灵魂将有怎样的境遇？众多墓地将死者分隔开来，就像宗教区分生者。这些坟墓在山冈上层层排开，呈现出西方最后的奢华，纷繁多样：意大利墓地、英国墓地、俄国墓地、犹太墓地、东正教墓地、希腊墓地，全都被悉心照料，环植花朵，清除野草，遮蔽在修剪成帷幔状的圣栎下，形成阳光下的阴影。这些墓地简直就是大公的花园。

这个坟岗就在意大利最后一个工业谷的前方，这里生长着柏树，冰凉的大理石石阶下高炉耸立。巍峨的群山俯视着这个坟岗，这些山比西奈山①还要寸草不生，它们就像太阳下晒着的土陶碗一样包围着的里雅斯特，被北边刮来的可怕的布拉风吹干。初到威尼斯的司汤达，就是被这番美景打动了：卡尔索②最外围的山坡，雪白的弧形石灰岩壁，一直从伊斯特拉海岸延伸到南方。对于的里雅斯特，司汤达写道："我在这里触摸到了原始的气息。"

我大胆地追随着他。

意大利和南斯拉夫的国界隔离开两个不同的世界；对面是亚洲，一片国有化土地，像平原吸收沙粒一般吞并个人。的里

---

① 西纳山（Sinaï）：位于埃及西奈半岛中南部，寸草不生。
② 卡尔索（Carso）：意大利东北部石灰质平原。

雅斯特被意大利和南斯拉夫环抱,正如我们这个小小的世界被环抱,正如柏林、以色列、马德里被环抱,正如西方被环抱。上涨的潮水不从正面攻击,而是如亿万个活结般冲上海岸,总是曲折前行。人们以为斯拉夫海洋的潮流,被蒙古海洋推动着不疾不徐前行,谁会注意到它在飞快前进?

地位尚未明确,四分之一个世纪的暂时休战并非和平,这就是的里雅斯特,就好像被遗忘在亚德里亚的尖顶之上的绞刑犯,无依无靠,令人同情,被遗忘在永无休止的外交寒冬之中。在一面没有门窗的高墙对面,有几个向外国人开放的窗口,就像一条通往卢布尔雅那的昏暗路线,这是铁幕的旅游入口。铁托想要什么?谁会追随他?如果俄国人发了火,如果布拉格的坦克……的里雅斯特思考着。

我的亲人们安息在距此地万里之遥的法国,安息在没有国界的和平中,安息在伊埃尔勒①一块几乎空白的墓碑下(这是父亲的意思)。我的曾祖父母曾在那儿得到一笔小小的国有财产,是从卡马尔多勒家族的领地中分割出来的。我本想也葬在家族墓室中,结果那儿没有空地了,于是我接受了我的表姐妹们的好意,在字母 E 打头的家族墓室中安歇。这地方要追溯到弗朗索瓦-约瑟夫时期,那时的里雅斯特还是奥地利设在亚得里亚海上的关卡,那时的的里雅斯特还活着。

这是一座庄严的石质金字塔,它高达六米,展现着纯粹的意大利式的雄辩风格,一个比人大两倍的天使打开了一扇通往

---

① 伊埃尔勒(Yerres):法国城镇,位于巴黎东南部。

死亡的黑色大理石门，有保险箱那么厚，但空空如也。

　　这个墓地远离大城市中的葬礼，远离密布的石碑和林立的纪念碑，也没有敌人或陌生人的烦扰。空地一片绿茵，生者在绿地中间活动。金发还是棕发，北欧人还是拉丁人，是不是东正教，一旦入了这地下，又有什么关系呢？

　　那儿将是我漫长生命走到尽头后的归属。我的骨灰将埋于地下，希腊语撰写的碑文将见证我的一生。我将会受到威尼斯赋予我的东正教信仰的守护，这是个由静止幸福而生的宗教，依旧在说着福音书最初使用的语言。

图书在版编目(CIP)数据

威尼斯/(法)莫朗(Morand,P.)著;李炜梅译.
—南京:南京大学出版社,2015.4
(精典文库)
书名原文:Venises
ISBN 978-7-305-14061-7

Ⅰ.①威… Ⅱ.①莫… ②李… Ⅲ.①随笔-作品集
-法国-现代 Ⅳ.①I565.65

中国版本图书馆CIP数据核字(2014)第233730号

VENISES
By Paul MORAND
© Editions Gallimard 1971
Simplified Chinese Edition Copyright © 2015 by NJUP
All rights reserved
江苏省版权局著作权合同登记 图字:10-2008-333号

出版发行	南京大学出版社
社 址	南京市汉口路22号 邮编 210093
出版人	金鑫荣
丛 书 名	精典文库
书 名	威尼斯
著 者	[法]保罗·莫朗
译 者	李炜梅
责任编辑	唐洋洋 沈卫娟
照 排	江苏南大印刷厂
印 刷	南京爱德印刷有限公司
开 本	880×1230 1/32 印张6.75 字数120千
版 次	2015年4月第1版 2015年4月第1次印刷
ISBN	978-7-305-14061-7
定 价	28.00元

网 址:http://www.njupco.com
官方微博:http://weibo.com/njupco
官方微信:njupress
销售咨询:(025)83594756

* 版权所有,侵权必究
* 凡购买南大版图书,如有印装质量问题,请与所购
  图书销售部门联系调换